KB114065

十兵鬼
십병귀

FANTASTIC ORIENTAL HEROES

오채지 新무협 판타지 소설

십병귀 2

오채지 新무협 판타지 소설

초판 1쇄 찍은 날 § 2012년 5월 25일
초판 1쇄 펴낸 날 § 2012년 6월 2일

지은이 § 오채지
펴낸이 § 서경석

편집부장 § 권태완
편집책임 § 주소영
디자인 § 이혜정

펴낸곳 § 도서출판 청어람
등록번호 § 제1081-1-89호
등록일자 § 1999. 5. 31
어람번호 § 제2-2230호

주소 § 경기도 부천시 원미구 심곡2동 163-2 서경B/D 3F (우) 420—822
전화 § 032-656-4452 팩스 § 032-656-4453
http://www.chungeoram.com
E-mail § chungeorambook@daum.net

ISBN 978-89-251-2889-4 04810
ISBN 978-89-251-2887-0 (세트)

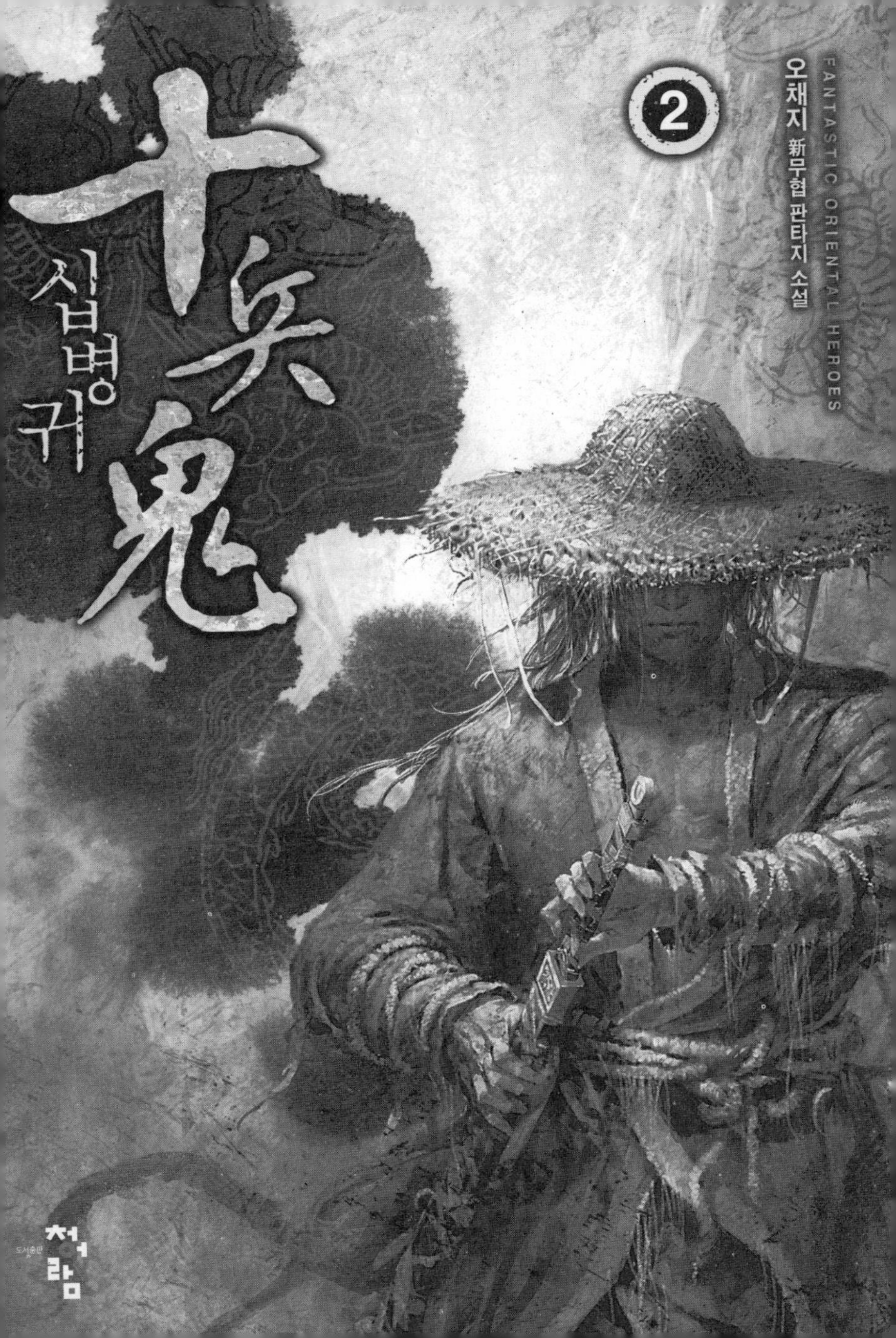
十兵鬼
십병귀
2
오채지 新무협 판타지 소설
FANTASTIC ORIENTAL HEROES
도서출판 청어람

第一章 호중천〈壺中天〉

　여자와 사내는 뭘 어찌해야 할지 몰랐고, 엽무백과 진자강은 또 그들 나름대로 어색한 모습으로 두 사람을 지켜보았다.

　매우 위험하면서도 조심스러운 상황이었다.

　여자와 사내의 입장에서는 눈앞의 두 사람이 적인지 아군인지 확실치 않았다. 혈안룡을 죽인 것으로 보아 아군이라고 짐작은 하지만 그건 정말 말 그대로 짐작일 뿐이다.

　엽무백의 입장에서도 마찬가지다.

　낮에 대로에서 보여준 모습으로 볼 때 여자는 분명 매혈방의 무사들과 마주치는 걸 꺼렸다. 하지만 그것만으로 여자의 신분을 단언할 수는 없었다.

어색한 침묵이 흘렀다.

잠시 후 여자가 혀로 입술을 축이며 말했다.

"조원원이에요. 이쪽은……."

여자가 뒤쪽의 사내를 흘낏 돌아보았다.

인사를 하라는 뜻이다. 뒤쪽의 사내가 마지못해 엽무백을 향해 슬쩍 고개를 끄덕였다.

"추일경이오."

"엽무백이오."

"진자강입니다."

간단하게 인사가 끝났지만 본격적으로 상대를 탐색하기 위한 침묵이 또다시 한참이나 흘렀다. 어색한 분위기를 참지 못한 조원원이 슬그머니 운을 뗐다.

"무슨 말부터 꺼내야 할지 모르겠네요."

"두 사람뿐이오?"

엽무백이 불쑥 물었다.

"네?"

"생존자가 또 있느냐고 묻는 거외다."

엽무백은 여자와 사내가 전부가 아니라고 생각했다. 딱히 근거가 있어서라기보다는 짐승 같은 후각이 그런 느낌을 갖게 했다.

조원원과 추일경은 움찔 놀랐다.

두 사람의 입장에선 매우 위험한 질문이었다. 만약 엽무백이 혈안룡을 희생 삼아 마교에서 보낸 간자라면 자신들의 조직이 탄로 날 수도 있었다.

엽무백은 미세하게 변하는 두 사람의 표정에서 자신의 추측이 옳았다는 것을 간파했다. 조원원의 대답도 기다리지 않고 곧장 물었다.

"당신들의 수장을 만나게 해주시오."

조원원의 눈빛이 착 가라앉았다.

"무슨 소리를 하는지 모르겠군!"

추일경이 발끈하고 나섰다.

조원원이 손을 내밀어 추일경을 만류한 다음 엽무백을 향해 말했다.

"좋아요."

"조 매!"

추일경이 또 한 번 발끈하며 조원원을 노려보았다. 조원원은 아랑곳하지 않고 담담히 말을 이어나갔다.

"하지만 그전에 당신의 내력을 알아야겠어요. 그런 다음 내일 다시 여기서 만나기로 해요. 그때 가부(可否)를 말씀드릴게요. 만약 그분께서 당신을 만나고 싶지 않다고 해도 저는 꼭 오겠어요. 그리고 당신들이 도시를 빠져나갈 수 있도록 돕죠. 어떤가요?"

"싫소."

"……!"

"난 오늘 만나야겠소."

"무례하기 짝이 없군."

추일경이 또 발끈했다.

조원원이 다시 말을 이어갔다.

"믿을지 모르겠지만 당신이 혈안룡 그 개 호래자식을 죽였다는 사실만으로도 난 당신을 꼭 돕고 싶어요. 하지만 우리의 지도자를 만나려면 절차를 밟아야 해요. 그 점을 존중해 주지 않으면 저도 더는 도울 수가 없어요. 제 말 이해하실 수 있죠?"

"……."

"……."

엽무백과 진자강은 한순간 싸했다.

개 호래자식 혈안룡이라니. 얼굴은 멀쩡하게 생겨가지고 어떻게 저런 경박한 말을 눈 하나 깜짝 않고 내뱉는단 말인가. 그것도 오늘 처음 보는 남자들 앞에서.

"혈안룡이 그렇게 호래자식인가요?"

진자강이 천진난만하게 물었다.

엽무백이 쓸데없는 소리 말라며 진자강의 옷자락을 홱 잡아당겼다. 그리고 짐짓 심각한 표정을 지으며 조원원을 향해 말했다.

"말을 하지 않겠다는 게 아니오. 다만 지금은 한가하게 그런 얘기를 나눌 때가 아닌 것 같소만."

"그게 무슨……?"

엽무백의 말에서 무언가 이상함을 느낀 조원원과 추일경이 황급히 창밖을 살폈다. 매혈방의 무사 십여 명이 골목길을 따라 달려오고 있었다.

"저 쌍것들이 용케도 냄새를 맡았네."

"꼬리를 밟혔어. 제기랄!"

"……."

"……."

엽무백과 진자강은 다시 한 번 얼떨떨할 수밖에 없었다. 거침없이 튀어나오는 욕설도 욕설이지만 두 사람이 그렇게 시끄럽게 싸우고는 엉뚱한 사람들에게 책임을 전가하는 모습도 황당했다.

두 사람은 이러지도 저러지도 못하고 입술만 축였다. 이렇게 되니 당황한 쪽은 오히려 그들이었다. 발을 동동 구르며 고민하던 조원원이 마침내 결단을 내렸다.

"따라오세요."

"조 매!"

추일경이 거듭 발끈했다.

"어쩔 수 없잖아요. 제가 책임질게요."

*   *   *

폐가를 나온 엽무백은 조원원의 뒤를 따라 곧장 샛길로 빠졌다. 한참을 걷다 보니 납작한 지붕에 벌집처럼 다닥다닥 붙은 전각 군이 나타났다. 하나같이 수백 년은 묵었음 직한 전각들이었는데, 담장 너머에선 여인들의 간드러지는 교성과 달뜬 사내의 신음이 쉬지 않고 흘러나왔다.

복주의 사창가였다.

송곳으로 그어놓은 듯한 골목길이 어찌나 복잡한지 길을 모르는 사람이 발을 들여놓았다간 한나절이 지나도 빠져나가지 못할 것 같았다. 미로와 같은 골목길을 이리저리 꺾으며 걸은 지 일다경, 조원원이 마침내 걸음을 멈추었다.

역시나 홍등이 내걸린 작은 전각 앞이었다.

골목길을 걸으면서 본 수백 채의 다른 전각과 전혀 다를 것이 없는 전각. 조원원은 잠시 주변을 둘러보더니 담장을 훌쩍 뛰어넘었다. 추일경과 진자강, 엽무백이 차례로 뒤를 이었다.

마당으로 들어선 조원원은 작은 방문을 벌컥 열었다. 홀딱 벗은 남녀가 이불 아래에서 뱀처럼 뒤엉켜 있었다.

그들은 조원원 일행을 발견하고도 눈 하나 깜짝하지 않았다. 잠시 엽무백과 진자강에게 시선을 주었을 뿐, 그나마도 조원원과 시선을 나눈 후에는 하던 일을 마저 했다.

남녀의 일을 처음 본 진자강은 얼굴이 벌게졌고, 엽무백은 엽무백대로 덩달아 민망해졌다.

하지만 어색함도 잠시, 조원원과 추일경은 남녀를 본체만체하더니 뒤편으로 연결된 문을 열고 나아갔다. 뒤편의 문은 또 다른 집 마당과 연결되어 있었고, 그 마당은 또 다른 방으로, 마당으로, 방으로 계속해서 연결되어 있었다.

방을 지날 때마다 갖가지 인물들을 만날 수 있었다. 한창 방사를 치르는 남녀, 꽃단장 중인 여자, 배를 드러낸 채 드렁드렁 코를 고는 사내, 아편을 하고 있는 늙은 기녀…… 그야말로 사창가에서 흔히 볼 수 있는 풍경들이었다.

하지만 엽무백은 그들이 모두 조원원과 추일경이 속한 단체의 인물들이라는 걸 알 수 있었다. 일종의 감시꾼들인 셈이다.

"송대(宋代)로부터 이어져 온 복건성 최대의 사창가죠. 백만 평의 대지 위에 수천 개의 전각과 수만 명의 사람이 살고 있어요. 그 안에 어떤 골목길과도 연결되지 않는 지대가 있어요. 이곳에서 대를 이어 밥을 먹은 사람들도 인연이 없으면 모르는 곳이죠. 우리는 그곳을 호중천(壺中天)이라고 불러요."

　호중천, 항아리 속의 하늘이라는 말로 세상과 격리된 별세계를 뜻한다. 길이 이어지지 않는 지대가 있다는 말이 선뜻 이해가 되지 않았지만 엽무백은 묵묵히 따랐다.

　그러다 어느 순간 우연히 발견한 전각 하나의 방위가 예사롭지 않음을 느꼈다. 좀 더 살펴보니 이상한 전각은 한두 개가 아니었다. 모두 진(陣)의 축을 담당하는 일부분일 것이다.

　엽무백은 비로소 호중천이 별세계인 이유를 알 수 있었다. 사창가에는 정교하게 설계된 하나의 거대한 진이 펼쳐져 있었던 것이다. 필시 정마대전 당시 이곳으로 숨어든 어느 고인이 손을 본 것이리라.

　한참을 달리다 보니 마침내 탁 트인 공간이 나타났다. 땜통같이 생긴 작은 공터와 그 공터를 둘러싼 대여섯 채의 건물이 호중천의 전부였다.

　호중천은 전각 군 속에 숨은 작은 장원이었다.

　사방 어디에도 들어오고 나가는 길이 없다는 걸 제외하면 특별할 것이 없는 곳. 하지만 엽무백과 진자강이 나타나는 순간부터 어디선가 뿜어져 나오는 살기는 얼굴이 따끔거릴 정도로 화끈했다.

　살기의 진원지는 공터 한쪽 수백 년 수령의 홰나무 위였다. 그 중간쯤 바지랑대처럼 가느다란 가지 위에서 한 사내가 자고 있었다. 그가 천천히 몸을 일으키더니 나뭇가지에 앉은 채로 엽무백과 진자강을 노려보았다.

마흔 줄이나 되었을까?

옷은 누추했으며 치렁하게 늘어뜨린 머리카락은 산발이 따로 없었다. 하지만 머리카락 사이로 보이는 눈동자에선 예사롭지 않은 정광이 뿜어져 나왔다.

그리고 가슴에 검을 품고 있었다.

검을 소지하려면 목숨을 걸어야 하는 시대에 사내의 모습은 분명 이채로울 수밖에 없었다.

"추일경, 네놈이 죽고 싶어서 환장을 했구나."

사내가 추일경을 향해 살기를 폭사하며 말했다.

추일경은 한기가 도는지 몸을 으슬으슬 떨었다.

"추 오라버니에게 뭐라고 하실 것 없어요. 제가 데리고 온 거니까."

조원원이 말했다.

"원원, 네가 진정 미친 것이더냐?"

"교두님께서도 소문 들으셨죠? 혈안룡을 죽이고 매혈방을 발칵 뒤집어놓은 사람이 바로 저 사람이에요."

"나는 지금 너의 경솔함을 탓하고 있다. 너의 어리석은 행동이 형제들을 위험에 처하게 했다. 너는 이 책임을 어떻게 질 참이더냐?"

"그는 적이 아니에요. 우리가 십 년 동안 하지 못한 일을 그가 오늘 아침에 했다고요."

"시끄럽다. 내 그렇게 일렀거늘 아직도 말귀를 알아듣지 못하는구나. 내가 혈안룡을 죽이지 않은 것은 우리의 안전을 위해서지 힘이 모자라서가 아니다."

"아뇨. 말귀를 못 알아듣는 건 교두님이세요. 모두가 안전을 빌미로 호중천에 숨어 지낼 때 그는 혈안룡과 매혈방의 무사들을 처참하게 죽임으로써 이 땅에 협의(俠義)가 아직도 펄펄 살아 있음을 만천하에 알렸어요. 그가 도시를 탈출할 수 있도록 도와주지는 못할망정 이렇게 박대할 수는 없는 거라고요."

'뭘 그렇게까지나…….'

뻘쭘해진 엽무백은 저도 모르게 입술을 핥았다. 진자강도 좀 심하다 싶었는지 엽무백을 슬쩍 곁눈질하면서 입맛을 다셨다.

"어리석은 놈. 비켜라."

말과 함께 사내가 신형을 날렸다.

한 마리 제비처럼 허공을 가로지른 사내는 눈 깜짝할 사이에 엽무백의 지척에 이르렀다. 그 순간 섬광이 번쩍이더니 시퍼런 검신이 엽무백의 턱밑에 붙었다. 그야말로 귀신같은 신법에 벼락같은 발검술이었다.

거기에 지금까지 본 마인들과는 다른 무언가가 있었다. 태산처럼 무거운 압박감도, 번개처럼 빠른 동작도 아니었다. 그건 사내의 빛나는 눈동자로부터 시작해 검신으로 이어지는 한줄기 공명정대한 기운이었다.

"돌아가라."

사내가 말했다.

곁에 있는 진자강이 이를 딱딱 부딪칠 정도로 싸늘한 음성. 하지만 애석하게도 엽무백에겐 통하질 않았다.

"살아 있는 매화검수(梅花劍手)는 처음 보는군."

"……!"

사내의 얼굴이 딱딱하게 굳었다.

조원원과 추일경 역시 사색이 되었다.

호중천으로 데려온 것만 해도 상당한 모험이었는데 호중천을 수호하는 최고수의 정체까지 간파당해 버렸다. 오 장 거리를 날아와 검을 뽑는 간단한 동작만으로 상대의 정체를 간파해 버리는 엽무백의 안법에 사람들은 놀라움을 금치 못했다.

"마지막으로 경고하겠다. 지금 즉시 떠나라. 하면 도시를 탈출할 수 있도록 도와주겠다."

"도시는 혼자서도 탈출할 수 있어."

"내 인내를 시험하려 들지 마라."

"진자강, 물러나 있어."

엽무백의 입에서 서늘한 음성이 흘러나왔다.

겁에 질린 진자강은 말이 떨어지기 무섭게 조원원의 곁으로 달아나 버렸다. 그 와중에도 조원원이 같은 편이라는 걸 본능적으로 알아차린 모양이다.

두 사람의 시선이 허공에서 격돌하며 불꽃이 튀었다. 엄청난 기파에 숨이 막힐 듯한 긴장감이 흘렀다. 그 순간, 갑자기 섬광이 번쩍이며 엽무백의 목에 붙어 있던 검이 떨어졌다. 동시에 태극으로 휘어지며 궤적을 그렸다. 그 궤적의 연장선에 엽무백의 목이 있었다.

장검은 엽무백의 목덜미에 정확히 멈췄다.

붉은 실선이 그려지더니 핏방울이 올라와 검신을 타고 도르르 흘러내렸다. 사내의 얼굴이 기묘하게 일그러졌다.

"왜 피하지 않는 거지?"

"난 싸우러 온 게 아니다."

"세상 헛살았군. 싸우고 싶지 않다고 안 싸울 수 있는 게 아니다. 경고는 이게 마지막이다. 이번에도 피하지 않으면 난 널 반드시 죽일 것이다."

"나와 싸우려면 목숨을 걸어야 하는데, 당신을 죽이면 나는 원하는 걸 얻을 수 있나? 그렇다면 죽여주지."

땅!

그건 한순간이었다.

귀청을 찢는 금속성과 함께 사내의 검이 폭발하듯 허공으로 솟구쳤다. 엽무백이 손가락으로 검신을 퉁겨낸 것이다. 그 찰나의 순간, 바람을 가르던 엽무백의 정권이 사내의 얼굴을 향했다.

혹!

주먹은 사내의 눈앞에서 멈췄다.

찰나의 순간 사내가 눈을 움찔 감았다.

세찬 바람이 사내의 머리카락을 어지럽게 흔들어댔다. 그대로 작렬했다면 얼굴이 흔적도 없이 터져 나갔으리라.

조원원과 추일경의 얼굴이 창백하게 변했다.

그는 이곳 호중천에서도 첫손가락에 꼽히는 고수다. 그럼에도 불구하고 피하지 못할 정도의 빠름이라니.

한데 정작 사선(死線)을 넘어갔다가 돌아온 사내의 표정은 담담했다. 그는 침잠한 눈빛으로 엽무백을 한참이나 응시했다. 희로애락의 감정이 좀처럼 드러나지 않는 자였다.

"왜 피하지 않지?"

이번엔 엽무백이 물었다.

조원원과 추일경은 이제 눈알이 튀어나올 지경이었다. 엽무백의 말대로라면 그 역시 일부러 피하지 않았다는 뜻이 아닌가.

그보다 엽무백은 그걸 어떻게 알았을까?

두 사람이 보기에 엽무백의 출수는 말 그대로 섬광이었다.
천하의 누구라도 그걸 피할 수는 없을 것 같았다. 다른 사람
들은 모르는 두 사람만의 어떤 경지 같은 게 있는 걸까?

"권경(拳勁)이 대단하군. 젊은 나이에 그만한 내공을 지니
기가 쉽지 않을 터, 기연이라도 얻었나 보군. 난 문풍섭이라
고 하오."

"엽무백이오."

조원원이 비로소 안도의 한숨을 내쉬었다.

문풍섭은 화산파의 십삼대 제자다. 마도천하가 된 지금 그
이름이 주는 의미는 무겁고 위험하다. 그걸 모를 리 없는 그
가 스스로 이름을 밝혔다는 건 상대가 적이 아니라는 걸 인정
하겠다는 뜻이다.

첫 번째 관문을 통과한 것이다.

그때 방 안에서 쉿소리가 흘러나왔다.

"인사들 끝냈으면 그만 들어오너라."

*　　　*　　　*

황동향로(黃銅香爐)를 앞에 두고 앉은 노인은 실로 기괴했
다. 곰팡이처럼 퍼진 검버섯에 눈동자는 줄줄 흘러내린 주름

에 덮여 겨우 보일락 말락 했고 이는 모두 빠져 합죽이가 따로 없었다.

내일 죽어도 이상할 것이 없는 자그마한 노인일 뿐인데도 불구하고 노인의 전신에선 묵직한 존재감이 느껴졌다.

"적노(樀老)라 하네."

노인이 말했다.

적(樀)은 지붕 네 귀퉁이의 번쩍 들린 부분, 즉 추녀를 말하니 적노는 추녀 위에 앉은 노인이라는 뜻쯤 되려나?

모름지기 괴이한 이름에는 반드시 사연이 있게 마련이고, 그 이름을 관조하다 보면 사연 또한 어느 정도는 넘겨짚을 수 있다. 적노는 금사도로 향하는 길을 알고 있는 수많은 추녀 중의 하나인 것이다.

엽무백은 제대로 찾아왔다고 확신했다. 더불어 적 노인의 존재가 마교도가 퍼뜨린 헛소문이 아니라는 걸 확인할 수 있었다.

"엽무백입니다."

어쨌거나 상대는 무림에서 백여 년을 굴러먹은 노강호. 엽무백은 존장에 대한 예우를 갖추어 공손하게 포권지례를 올렸다.

"앉으시게."

적노가 자리를 권했다.

엽무백을 비롯해 진자강과 문풍섭, 조원원, 추일경이 차례로 착석했다. 적노는 눈앞의 향로를 응시하며 한동안 침묵하다가 말했다.

"마교주가 모래알처럼 많은 마병을 이끌고 중원을 침공할 무렵 난 연화봉 정상의 상궁(上宮)을 쓸던 늙은 도학(道學)에 불과했지. 화산에서 나고 자란 탓에 배분은 높았지만 무예는 내 길이 아님을 일찌감치 깨달은 탓이라네."

노인의 세수가 일백은 되어 보인다는 걸 감안했을 때 화산에서 나고 자랐다면 구십여 년을 화산과 함께했다는 말이 된다.

그제야 엽무백은 방 안을 들어오던 순간 느꼈던 분위기의 정체를 알 수 있었다. 그건 질곡의 세월을 온몸으로 부딪쳐 살아온 노강호의 존재감 같은 것이었다. 경험의 지혜 앞에 무공은 한낱 손짓 발짓에 지나지 않는 것이다.

"마병들이 화산을 쳐들어오던 날 밤 장문인께서 모든 비급들을 모아놓고 불을 지르신 후 내게 저 향로를 주시더군. 부디 살아남으라는 당부와 함께. 난 고수들이 얼마나 많은데 왜 하필 이런 미욱한 놈에게 중책을 맡기시느냐고 여쭈었지. 그랬더니 장문인께서 그러시더군. 무공은 그들이 높을지 모르나 이 향로의 진정한 가치를 아는 사람은 나밖에 없을 거라고."

"향로에 무슨 사연이라도 있나요?"

진자강이 또랑또랑한 눈으로 말했다.

그 모습이 대견스러운 듯 적노가 빙그레 웃으며 말했다.

"오백여 년 전 학소군 조사께서 화산파를 창건한 이후 한 번도 불씨가 꺼지지 않았던 향로란다."

향은 지금도 피어오르고 있었다.

향로는 단순히 향을 피우는 제기를 넘어 화산의 뿌리이자 역사이며 동시에 상징이었다. 그건 어떤 기진이보(奇珍異宝)와도 비교할 수 없는 정신적 가치였다. 향로가 있고 매화검수가 있다면 화산은 아직 멸문한 것이 아니다.

엽무백은 복주에서 화산파를 만난 것이다.

한데 적노는 왜 오늘 처음 본 낯선 이에게 저런 비밀스러운 얘기를 하는 걸까? 향로가 지닌 상징성을 볼 때 이건 매우 위험한 얘기다.

화산의 제자들이 생존해 있다면 언제든 저 향로의 불씨를 신물 삼아 화산파를 재건하려 들 수도 있기 때문이다. 반대로 저 향로의 불씨를 꺼뜨려 버린다면 화산의 정신적 가치도 소멸한다. 다시 화산파를 재건한다고 해도 그건 더는 과거의 화산파가 아니게 된다.

적노는 자신의 가장 중요한 비밀을 얘기함으로써 엽무백에게도 너 자신을 내보이라는 말을 하고 있었다.

말인즉슨, 너는 누구냐는 것이다.

좀 더 자세히 말하면 어느 문파의 몇 대 제자 누구냐는 말이다. 이야기가 깊어지려면 신뢰가 우선해야 하지 않겠는가.

엽무백은 금사도에 대한 이야기를 진행하려면 이 관문을 통과해야 한다는 걸 직감했다.

하지만 불행하게도 저들을 납득시킬 만한 재주가 없었다. 그렇다고 혼세신교의 삼공자와 막역했던 마인이라고 할 수도 없지 않은가. 솔직히 말하면 저들에게 자신을 말해주고 싶은 생각이 처음부터 없었다.

그래서 이렇게 말했다.

"누군가로부터 금사도에 대한 얘기를 들었습니다. 그가 이르길, 복주의 만리촉으로 가서 적 노인을 찾으라고 하더군요. 사실 그는 처음에 이 아이를 데리고 금사도로 가고 싶어 했습니다. 어찌어찌하다 보니 그가 죽어버리고 지금은 제가 대신 동행을 하게 됐지요."

엽무백이 진자강의 옆구리를 쿡쿡 쑤셨다.

사람들의 시선이 진자강에게로 쏠렸다.

진자강은 영악했다.

그는 엽무백의 의중을 즉각 알아들었다. 이제야말로 밥값을 할 때가 온 것이다. 진자강은 자리에서 일어나서 적노를 비롯해 조원원과 추일경, 그리고 문풍섭을 향해 차례로 포권지례를 올렸다. 그 모습이 명문의 후예처럼 절도와 기품이 있었다.

"늦었지만 인사드리겠습니다. 제 진짜 이름은 진소정이옵고, 본적은 광동진가장이옵니다. 선친(先親)의 함자는 진, 세자, 기 자이옵니다."

"패도 진세기! 네가 정녕 패도의 혈육이란 말이더냐?"

적노가 소스라치게 놀라며 물었다.

"산중에서 함께 살던 노복이 죽고 거지꼴이 되어 홀로 세상을 떠돌던 중 우연히 만난 어느 고인께서 저의 수련을 훔쳐보시고는 저의 내력을 설명해 주셨습니다."

"수련? 네가 진가의 무공을 익혔단 말이냐?"

"예."

진자강의 대답이 어쩐지 풀이 죽었다.

"한번 볼 수 있겠느냐?"

"무공을 책으로 배웠는지라 차마 눈 뜨고 보기 어려우실 거예요."

"너의 무공을 측량하기 위함이 아니다!"

적노의 입에서 서늘한 호통이 터져 나왔다.

움찔한 진자강은 주춤주춤 일어나더니 적당한 곳으로 가서 자리를 잡았다. 그리고 곧장 진가권을 시연하기 시작했다.

일설에 따르면 진가권은 무당의 태극권과 그 뿌리가 같다고 한다. 천지풍운(天地風雲)과 일월뇌전(日月雷電)의 조화와 합일을 추구하는 과정에서 진가권이 무쌍한 패력의 길을 걷는다면 태극권은 유능제강(柔能制剛)과 강유상제(剛柔相濟)의 무리를 따른다.

어느 쪽이 우월하다고는 말할 수 없다.

강한 힘과 부드러운 힘은 각각 장단점이 있는 법이고, 특히 무공이란 같은 유파라 할지라도 익히는 사람에 따라 전혀 다른 색깔을 보이기도 한다.

하물며 아직 실(實)이 차지 않은 진자강의 초식이 제대로 됐을 리 없다. 하지만 그 속에 도도하게 흐르는 진가권의 패력만은 분명히 살아 있었다. 그건 진가의 무학을 정통으로 익히지 않은 사람에게서는 절대로 나올 수 없는 고유한 가풍 같은 것이었다.

이윽고 진가권 사십팔 식의 시연이 모두 끝났을 때 진자강의 몸은 땀으로 흠뻑 젖어 있었다. 고명한 사람들 앞에서 부족한 무공을 시연하자니 민망한 탓도 있었지만, 진가권이 본래 무거운 권공인 탓이었다.

"부족한 솜씨로 여러 어른의 눈을 어지럽게 해드렸습니다."

"수련을 한 지는 얼마나 되었느냐?"

"걷자마자 줄곧 익혔습니다. 볼품없지요?"

진자강이 민망한 눈으로 물었다.

"비록 실을 채우지 못했으나 그만하면 훌륭하다. 고수를 만나 지도를 받으면 능히 진가를 다시 일으키고도 남을 것이다. 패도가 지하에서 정녕 기뻐하겠구나. 그래, 그동안 어떻게 살았누."

진자강을 바라보는 적노의 얼굴이 손자를 향한 할아버지의 그것처럼 한없이 인자해졌다. 가슴이 뜨거워진 진자강은 흑수목(黑水牧) 근처 정도무림의 생존자들이 정착한 촌락에서 살던 얘기며, 마적단에게 잡혀 황벽도로 끌려간 일, 자신의 정체가 들통 나 황벽도의 무사들에게 죽을 뻔한 일들을 장황하게 늘어놓았다.

특히 엽무백이 나타나 황벽도의 무사들을 쓸어버리고 자신이 구사일생으로 목숨을 구하는 장면에서는 애초 무슨 얘기를 하려고 했는지도 잊은 채 또 한 번 흥분을 했다.

"…하여간 끝내주는 싸움이었지요."

이로써 진자강의 말이 모두 끝이 났다.

한데 사람들의 표정이 뭔가 이상했다.

처음 진자강이 패도의 혈육이라는 말에 적잖게 놀라는 걸 보았는데 지금은 그런 차원이 아니었다. 모두 하얗게 질린 얼굴을 하는 사이 적노가 진자강에게 조심스럽게 물었다.

"방금… 황벽도에서 왔다고 했느냐?"

"그렇습니다."

방 안의 공기가 얼어붙었다.

적노를 비롯해 조원원, 문풍섭, 추일경의 얼굴이 동시에 급격하게 식었다. 모두가 설마 하는 표정으로 진자강을 뚫어져라 바라보았다.

"하면 황벽도를 피로 물들였다는 자가 혹시……."

적노가 말끝에 엽무백에게로 슬쩍 시선을 주었다. 조원원, 문풍섭, 추일경의 눈동자가 그대로 따라갔다.

"맞아요. 여기 엽 아저씨가 그랬어요. 아까도 말씀드렸지만 저를 구하기 위해 산장으로 쳐들어와서는 혼자서 일흔두 명이나 되는 적을 모조리 도살해 버렸죠. 배를 푹푹 쑤시고 목을 척척 치는 것은 물론, 물에 빠져 허우적거리는 사람들까지 뒤쫓아 가 죄다 등을 쪼개 버렸어요."

사람들의 입이 쩍 벌어졌다.

호중천도 나름 정보망이 있기 때문에 황벽도에서 벌어진 일에 대해서는 들은 바가 있다.

황벽도에 은신해 있던 정체불명의 고수가 무슨 이유에선지 쌍살검 백악기와 백발호를 비롯해 황벽도의 무인 일흔두 명을 몰살하고 홀연히 사라졌다던가.

그게 금사도를 찾는 사람과 연관이 있을 줄은 몰랐다. 그 주인공이 이곳 복주로 와서 자신들을 찾을 줄은 더더욱 몰랐다.

적노는 무슨 말을 어떻게 해야 할지 모르겠다는 얼굴이었다. 사실 그로서는 심사가 이만저만 복잡한 게 아니었다. 눈앞의 사내 엽무백이 황벽도의 혈사를 일으킨 장본인이라니⋯⋯.

이제 매혈방이 문제가 아니었다.

지금쯤 마교의 호교사자들이 복주를 주시하고 있을 것이다. 그건 호중천의 안전과도 직결된다.

누구보다 놀란 사람은 조원원이었다.

이곳으로 데려올 때까지만 해도 금사도를 찾아가는 사람 중 제법 고강한 사람이 등장했나 했는데, 알고 보니 물불을 가리지 않는 괴물이 아닌가.

第二章 삼병(三兵)을 얻다

十兵鬼
십병귀

"금사도로 가는 길을 아십니까?"

엽무백은 좌중에 흐르는 뜨거운 공기를 뒤로하고 단도직입적으로 물었다. 이제 엽무백의 정체성에 대한 사람들의 의문은 사라졌다. 백악기를 죽이고 황벽도를 피로 물들였으니 그가 누구든 적이 아니라는 것만큼은 분명해졌다. 더는 따질 이유가 없었다.

적노가 천천히 입을 열었다.

"그 얘기를 하려면 처음 비선(秘線)이 만들어진 사연부터 시작해야겠군. 비선은 본래 남궁세가(南宮世家)의 비밀 조직이었던 비각(秘閣)에서 시작되었네."

이어지는 적노의 말은 놀라웠다.

환란의 시대가 시작될 무렵 대륙의 남동쪽에 위치한 탓에 남궁세가는 비교적 늦게 태풍을 맞았다. 상대적으로 시간을 번 남궁세가는 마교의 고수들에게 쫓기는 정도무림의 정영들을 구출해 안전한 곳으로 빼돌리는 일을 수차례나 은밀히 진행했다.

그러자 정도무림의 생존자들을 안전한 곳으로 인도하는 모종의 세력이 있다는 소문이 돌게 됐고, 마교는 그 배후가 남궁세가라는 걸 끝내 밝혀내고야 말았다.

마교 고수들의 방문을 받은 남궁세가는 결국 멸문지화를 당하고 말았지만 비각은 여전히 건재했다. 비각을 통해 목숨을 구함 받은 고수들이 하나둘씩 가세해 뒤를 이었기 때문이다. 그들은 숨겨진 선(線)이라는 뜻에서 자신들을 비선이라 이름 짓고 남궁가주의 높은 뜻을 이어갔다.

그러던 중 강호인들은 비선에 의해 구출된 사람들이 어디로 보내지느냐에 대해 설왕설래하기 시작했다. 적지 않은 사람들이 마교의 추격에서 벗어났고, 그들이 두 번 다시 보이지 않는 걸 보면 분명 어딘가 안전한 곳이 있지 않겠냐는 것이다.

"그 무렵 한 가지 소문이 떠돌았지."

마도의 하늘 아래 살 수 없는 자 금사도로 오라.

소문에는 꼭 따르는 말이 있었다.

무적의 고수를 중심으로 무림의 정영들이 금사도에 모여 대대적인 반격을 준비 중이라는 말이 그것이었다.

언제 누구로부터 시작되었는지 모를 소문은 정도무림의 생존자들 사이에 은밀히 퍼지기 시작했다. 마교의 눈을 피해 심산(深山)에 은거하던 생존자들이 속속 세상으로 나왔다. 그들은 모두 금사도로 가기 위해 비선을 찾았다.

"비선이 퍼뜨린 게 아니었단 말입니까?"

"그건 나도 알 수가 없네. 비선의 누군가가 퍼뜨린 것일 수도 있고, 아니면 작금의 상황을 더는 지켜볼 수 없었던 무적의 고수가 비선을 이용해 사람들을 끌어모으려 했을 수도 있지."

"실체를 모른다면 비선은 어떻게 사람들을 금사도로 인도했습니까?"

"우리는 그들을 금사도로 인도한 바 없네."

비선은 철저히 점조직이어서 몇 명이 어떻게 연결됐는지 그들 스스로도 몰랐다. 다만 주요 도성이나 지정학적으로 주요한 요처마다 비선이 하나씩 있었고, 인근 도성의 비선 한 곳과 접선하는 밀마가 있다는 정도만 알았을 뿐이다.

"결국 비선이 서로 중복되지 않으려면 한 방향으로 흘러야
했지. 추측하건대 아마도 비선은 북쪽으로 이어지는 것 같았
고, 우리는 그걸 북주행(北走行)이라 불렀네."

"동쪽이 아니라 북쪽입니까?"

동쪽이면 바다지만 북쪽이면 대륙이다.

금사도라는 이름 탓에 막연히 섬일 거라고 짐작했던 엽무
백은 의아한 표정을 감추지 못했다.

"내 생각에 금사도는 섬이 아닌 것 같네."

"섬이 아니라면?"

"도(島)라는 이름은 일종의 상징인 게지. 아마도 섬처럼 마
교의 영향력이 미치지 않는 고립된 땅이 아닐까 하네."

충분히 일리가 있는 말이었다.

바다에 섬이 제아무리 많다 한들 중원 곳곳에 퍼져 있는 마
교도의 눈을 피하기 어렵다. 게다가 만에 하나 발각될 경우
섬은 퇴로가 없다.

"노인장께서도 비선이시겠죠?"

"과거엔 그랬지."

"지금은 그렇지 않다는 뜻입니까?"

"이제 비선은 존재하지 않는다네."

"그게 무슨 말씀입니까?"

"수년 전 정도무림의 생존자 하나가 비선과 접촉을 해왔지. 그의 신분이 너무나 확실했기 때문에 누구도 의심을 하지 않았네. 하지만 마교의 지령을 받고 침투한 배신자였네. 그는 북주행을 하면서 비선의 조직망을 세밀하게 관찰했지. 그리고 일 년 후 대륙 전역에 흩어져 있던 마교의 고수들이 한날한시에 비선을 습격했네. 그날 이후 비선의 조직망은 갈가리 찢어졌고, 그나마 살아남은 자들은 마교의 추격을 피해 지하로 잠적해 버렸네."

"그때가 언제입니까?"

"벌써 오 년 전의 일이지."

오 년이라는 말에 엽무백은 낙담했다.

오 년이나 지나 버렸다면 비선은 이미 와해된 것이나 다름없다. 금사도가 실제로 존재하는지 여부와는 상관없이 비선을 통해 금사도로 가기는 글렀다. 화무강조차도 이런 사정은 까맣게 몰랐을 것이다.

"다시 비선을 이어야 해요."

여태 잠자코 있던 조원원의 말이었다.

적노가 그 말을 받았다.

"또 그 말이냐?"

"우린 아직 살아 있잖아요. 대륙 곳곳에 우리처럼 생존한 비선의 인물들이 있을지 몰라요. 그들을 다시 하나로 잇는다면 비선은 부활할 수 있어요.”

“비선을 이어서 무엇에 쓴단 말이냐?”

“보세요. 아직도 옛날의 소문을 듣고 찾아오는 이들이 있어요. 엽 공자의 경우엔 용케도 혈안룡을 죽이고 매혈방의 추격에서 벗어났지만 앞으로 찾아오는 사람들은 모두 죽을 거예요. 금사도로 갈 거라는 희망 하나로 찾아온 사람들이에요. 모두 헛소문이었다는 걸 알았을 때 그들이 느낄 절망감을 한번 생각해 보세요.”

엽무백은 의아한 표정으로 조원원을 바라보았다.

그녀의 말은 논리적이지 않았다.

지나치게 감정이 격한 나머지 작금의 상황을 제대로 직시하지 못하고 있었다. 금사도의 존재 여부는 차치하고서라도 사람들의 절망감을 걱정할 일이 아니지 않은가. 비선을 잇는 것은 마교와 정면 대결을 불사할 정도로 큰일인 반면 금사도가 없다는 걸 알았을 때 사람들이 느끼는 절망감은 작은 일이다.

애초부터 비교의 대상이 되지 않는다.

‘여자란……’

엽무백은 속으로 혀를 끌끌 찼다.

“무슨 수로 끊어진 비선을 다시 잇는단 말이냐?”

“그건 항주로 가서 해결할 문제예요.”

호중천과 과거에 연결되었다는 유일한 비선이 항주에 있었나 보다.

"몇 번이나 같은 말을 하게 만드는구나. 항주의 비선은 사라졌다. 죽었는지 살았는지도 모르는 판국에 무작정 찾아간들 무슨 수로 그들과 접촉을 할 것이며, 설혹 항주의 비선 중 누군가 살아 있어 선이 닿는다 해도 그다음은 또 어떻게 할 것이냐. 금사도로 가는 건 이제 불가능하다. 그러니 그 얘기는 더는 꺼내지 말아라."

"하지만……."

한마디도 지지 않고 또박또박 받아치던 조원원이 꿀 먹은 벙어리가 되었다. 어떻게든 비선을 다시 잇고 싶은 마음에 언성을 높이기는 했지만 뾰족한 수가 없다는 건 그녀 역시 잘 알고 있었다.

적노도 조원원의 생각을 모르지 않았다.

늙고 병들어 이제 죽을 날만 기다리는 자신과 달리 조원원은 젊다. 그녀는 과거 무림문파의 제자들이 강호를 활보하며 경륜을 쌓고 교분을 나누던 이야기들을 들으며 그때의 낭만을 동경해 왔다.

마도의 하늘 아래에서 검을 마음대로 휴대하지도 못하고, 수련을 할 때도 몰래 숨어서 해야 하며, 타 문파의 제자들과의 교분은 꿈도 꾸지 못하는 이런 현실이 답답하기도 할 것이다.

　하지만 개죽음을 당하는 것보다는 나았다.

　그래서 적노는 조원원의 소망을 들어줄 수가 없었다. 적노가 다시 엽무백을 향해 차분한 음성으로 말을 이었다.

　"처음엔 나도 금사도의 존재를 믿었네. 하지만 비선이 끊어지고 오 년이 흐른 지금에 와서는 헛소문인 것 같다는 생각이 강하게 드네."

　"어찌하여 그렇습니까?"

　"생각해 보게. 진정 무적의 고수가 금사도에서 무림의 정영들을 모아 대반격을 준비 중이었다면 왜 아직까지 아무런 징후가 없었겠나. 설마 하니 오지도 않는 사람들을 기다리는 건 아니겠지?"

　"딴엔 그렇군요."

　엽무백이 고개를 끄덕였다.

　곁에서 지켜보던 조원원은 입안이 바짝바짝 타들어갔다. 적노를 설득할 수 있는 유일한 사람이 엽무백이다. 대차게 나가도 될까 말까 한 판국에 저렇게 쉽게 인정을 해버리면 어쩌자는 건가.

　'그럴 거면 뭐하러 여기까지 왔어. 바보같이.'

　그때 엽무백이 고개를 빳빳이 들고 물었다.

　"어쨌거나 항주의 비선과 접촉하는 밀마를 가르쳐 주십

시오.”

조원원의 얼굴이 활짝 펴졌다.

하지만 적노는 꿈쩍도 하지 않았다.

“안타깝지만 그조차도 이미 늦었네.”

“무슨 뜻입니까?”

“비선이 건재할 당시 밀마는 한 달에 한 번 은밀한 방법으로 주요 도성의 비선들에게 전달되었지. 다시 말해 매달 밀마가 바뀌었다는 뜻일세. 한데 오 년 전 혈사가 있을 당시 우리쪽 비선 중 하나가 밀지를 빼돌려 마교에 투신을 했네. 밀지의 내용을 모르고선 항주의 비선과 접촉할 방도가 없네.”

“그렇다면 그 밀마는 이미 노출이 된 것 아닙니까?”

“그런 셈이지. 하지만 항주의 비선에 생존자가 있다고 가정했을 경우 그들과 접촉할 수 있는 유일한 방법도 밀마를 통하는 것뿐일세. 다시 말하지만 우리는 항주의 누가 비선인지 일절 아는 바가 없다네.”

“밀지를 빼돌린 자가 누구입니까?”

“임호군일세.”

“매혈방주?”

*   *   *

호중천에 어둠이 찾아왔다.

방 안에 모인 사람들은 숨 쉬는 것조차 신중했다. 탁자 위에는 매혈방의 장원이 그려진 지도가 펼쳐져 있었다. 조원원은 지도를 펼쳐 놓고 열심히 설명을 이어갔다.

"방주 임호군 휘하에는 사신왕(四神王)이라 불리는 네 명의 고수가 있어요. 그들은 한때 일방(一幇)을 이끄는 방주들이었죠. 무공도 무공이지만 심계와 실전의 경험은 복건성에서 따를 사람이 없어요. 그들 사신은 다시 네 개의 당(黨)을 거느리는데, 각 당에는 역할과 특징에 따라 이삼십 명의 무사가 있어요. 해서 현재 매혈방이 도시 전역에 풀어놓은 무인들의 숫자는 타 성으로 나간 자들을 제외한다고 해도 삼백 명에 육박한다고 볼 수 있어요."

무인의 숫자로만 따져 삼백을 상회한다면 더는 중소 방파라고 할 수 없다. 복건성에서도 가장 노른자위에 해당하는 동남해역을 장악한 방파가 중소 방파일 수 없다.

하지만 한 방파의 무력은 머리 숫자가 아니라 얼마나 대단한 고수를 품었느냐에 달렸다. 이는 열 마리의 개가 한 마리의 호랑이를 당해낼 수 없는 것과 같은 이치다.

그런 면에서 매혈방은 진정 강한 문파라고 할 수 있었다. 숫자로도 압도적이지만 휘하에 품었다는 고수들의 면면 역시 대단하기 때문이다.

조원원의 말에 따르면 사신왕은 하나같이 절정의 고수들이었다. 엽무백으로서는 황벽도의 백악기보다 강한 네 명의 고수가 이끄는 삼백의 무인을 뚫고 임호군을 만나야 하는 것이다.

조원원의 말이 이어졌다.

"가장 강한 사람은 역시 방주 임호군이죠. 한 자루 먹빛 장검을 귀신같이 휘두르는데 복건성에서 열 손가락에 꼽히는 절정의 검사(劍士)예요. 복건성 십대고수라는 말이 실감나지 않을 수도 있겠는데……."

조원원이 말을 하면서 엽무백의 눈치를 살폈다. 그녀의 눈에 비친 엽무백은 무식하게 싸움만 잘할 뿐 세상 돌아가는 물정을 아직은 잘 모르는 강호 초출이었다.

그렇기에 마교의 자금줄 중 하나인 황벽장을 혼자서 떼 몰살을 시키고도 저렇게 태연하게 복주로 온 것이 아니겠는가.

만약 세상물정을 조금이라도 아는 사람이라면 감히 그런 짓을 하지도 못했을 거니와 어찌어찌하여 그런 짓을 벌였다손 치더라도 마병의 추격을 피해 남만의 오지로 냅다 줄행랑부터 쳤을 것이다.

그리고 세상이 잠잠해질 때를 기다려 천천히 금사도를 찾아갔을 것이다.

한데 엽무백은 마병들이 추격을 하건 말건 태연히 복주에 나타났다. 그리고 매혈방의 일점혈육인 혈안룡을 무참히 죽였다.

병술을 아는 자가 할 짓이 아니다.

젊은 나이에 저만한 무공을 지닌 걸로 봐서 필시 심산에 은둔해 있던 고수의 제자가 사부의 서거(逝去) 후 세상 구경을 나왔다가 위험한 일에 휘말린 것이리라.

"하오문(下午門)의 생존자들 사이에 은밀히 떠도는 무비록(武比錄)에 따르면 임호군은 무림 서열 백이십칠 위의 강자죠. 다시 말하면 대륙을 통틀어 백이십육 명을 제외하곤 그를 쓰러뜨릴 만한 고수가 없다는 뜻이에요. 제 말, 이해하시겠어요?"

조원원은 엽무백에게 당신은 백이십육 명에 들 수 있느냐고 묻고 있었다.

간단한 말이 아니었다.

대륙에서 가장 큰 방파 열 곳에서 상위 십 위의 고수 열 명씩만 뽑아도 백 명이 된다. 하지만 세상에 무림 방파가 어디 열 곳뿐이랴. 엄청난 고수를 품었지만 작은 방파도 있을 것이고, 독보강호 하는 고수도 있다. 그리고 그들 모두를 합친 것보다 많은 고수를 품은 마교가 있다.

그들 모두 계산하고도 백이십칠 위라면 그야말로 보통 사람은 감히 얼굴을 마주하기조차 힘든 엄청난 고수라고 봐야 했다.

"백십칠 명이오."

엽무백이 조원원의 말을 정정했다.

"예?"

"무비록이 세상에 나오고 난 후 임호군 앞줄의 고수 아홉이 더 죽었지. 그래서 그를 죽일 수 있는 자는 백십칠 명이오."

조원원뿐만 아니라 적노와 문풍섭, 추일경도 눈이 휘둥그레졌다. 그들 역시 엽무백을 무공만 강한 무림 초출로 여겼다.

한데 보통 사람은 그 존재조차 모르는 무비록을 어떻게 알 것이며, 자신들은 알지도 못하는 구 인의 죽음은 또 어떻게 안단 말인가. 엽무백의 말이 모두 사실이라면 그가 강호 초출이라는 사람들의 예상은 완전히 어긋난 셈이었다.

하오문은 그 특성상 무림 방파라기보다는 창기(娼妓), 배수(扒手), 도비(盜匪), 편자(騙子), 도곤(賭棍) 따위의 군상이 만든 생업 방회였다.

한마디로 세상의 가장 밑바닥을 사는 인생들인데 그런 자들은 대륙 곳곳에 수를 셀 수 없을 정도로 퍼져 있었다. 악착같은 생명력과 질긴 결속력으로 뭉쳐 있는 그 많은 사람을 죽여 없앤다는 것은 물리적으로 불가능한 일이었다.

굳이 그럴 이유도 없었다.

문도의 대부분이 무공을 모르니 교(敎)에 크게 위협이 되지도 않았고, 사람이 사는 세상에 반드시 동반되는 음지와도 같은 존재들이 아닌가.

마교는 하오문을 뿌리 뽑는 대신 방치하기로 했다.

한데 이건 큰 실수였다.

하오문은 자신들의 역량을 총동원해 무인들에 대한 정보를 모으고 노련한 도곤(賭棍:도박사)들로 하여금 그것을 분석하게 했다. 무려 육 년이라는 시간 동안 십만 명이 넘는 인원이 동원된 대역사였다. 그렇게 해서 나온 것이 정사마를 초월해 현존하는 모든 무림인의 무공을 비교한 기록, 즉 무비록이었다.

하오문으로서는 자신들의 안녕을 위해 만든 비서(秘書)였겠지만 그게 살수들의 손에 들어가면서 얘기가 달라졌다. 무비록엔 무인의 출신과 내력은 물론 절기와 병기, 그리고 사소한 습관까지 밝혀낼 수 있을 만큼 상세하게 적혀 있었다.

마도천하가 된 지금 살인 청부의 구 할이 바로 마교의 인물들에 집중되었고, 무비록에 이름이 올라와 있는 적지 않은 마교의 고수들이 암살을 당했다.

먹고, 자고, 싸고, 놀고, 사랑하는 그 모든 과정에서 빈틈이 전혀 없을 수는 없는 법. 천하제일인이라고 하더라도 암중에서 쑤시는 칼은 피할 수가 없는 것이다.

엽무백 역시 그때 무비록을 손에 넣었다.

머릿속엔 그때 외웠던 무비록의 기록들이 지금도 빼곡하게 저장되어 있었다.

"무비록에서 앞줄 백십칠 인의 명단에 내 이름은 없소만, 귀하는 어떨지 궁금하군."

문풍섭이 조심스럽게 물었다.

사람들의 시선이 모두 엽무백을 향했다.

그들이 무엇보다 궁금한 것이 바로 이거였다.

엽무백의 정확한 무공 수준.

황벽장의 장주 백악기가 제법 검을 썼지만 임호군에 비하면 횃불 아래의 반딧불이다. 개구리가 반딧불이를 잡아먹었다고 해서 횃불을 삼킬 수는 없는 노릇이다.

엽무백의 대답은 간단했다.

"내 이름은 무비록에 적혀 있지 않소."

사람들은 어안이 벙벙했다.

하오문이 비록 세상 모든 무림인에 대한 정보를 가진 것은 아니지만, 일단 강호에서 한 번이라도 눈에 띄는 싸움을 했다면 하오문의 정보망에 걸려들지 않을 수가 없다.

다시 말해 무비록에 없다면 하오문의 정보망에 한 번도 걸리지 않았다는 뜻이 된다. 그러면서도 강호의 사정에 대해 정통하다? 이걸 도대체 어떻게 받아들여야 한단 말인가.

"임호군은 호중천의 존재를 모르오?"

엽무백이 화제를 돌렸다.

"본시 비선은 도시 외곽에 위치한 작은 객잔이었죠. 하지만 그때 그 일이 있고 난 후 이곳 호중천으로 옮겼어요. 우리가 복주에 남아 있을 수도 있다는 의심은 했겠지만 그게 호중천이라는 것에까진 생각이 미치지 못했을 거예요."

"위험을 감수하면서도 이곳에 머무르는 이유가 무엇이오?"

"오히려 그 반대예요. 우리가 복주를 떠나지 않는 건 이곳이 안전하기 때문이죠. 목구멍에 걸린 가시는 제거하려 들수록 더 깊이 들어가는 것과 같은 이치라고 할까요."

"이제는 알게 될 거요. 내가 그를 찾아가게 되면 밀지의 존재를 알려준 사람이 복주에 있다는 뜻이 될 테니까."

"항주로… 갈 건가요?"

조원원이 물었다.

얼굴이 밝아졌지만 곧 걱정스러운 기색으로 바뀌었다.

"물론. 그러려고 왔으니까."

"왜 모든 위험을 혼자 감수하려는 거죠?"

"금사도로 가지 않는다고 해도 나는 편하게 살 수 없는 상황이 되어버렸으니까."

조원원은 알 것 같다는 표정을 지었다.

그 동기야 어찌 되었건 이미 황벽도와 매혈방을 피로 물들인 처지에 마교가 엽무백을 가만 놔둘 리 없다. 아마 지옥 끝까지라도 찾아가서 죽이려 들 것이다. 그러니 그의 입장에선 죽으나 사나 금사도를 찾아가는 수밖에 없었다.

하지만 엽무백에겐 속사정이 따로 있었다.

황벽도와 매혈방을 피로 물들인 사건이 분명 촉매가 되긴 했지만, 그 이전에 마교와의 악연이 있었다. 지금쯤 놈들은 자신의 정체를 하나씩 파고드는 중일 터. 마지막에 자신의 실체를 알고 나면 절대로 살려두지 않으려 할 것이다.

그럴 바에야 엽무백은 금사도로 가서 정도무림의 생존자들을 도와 마교를 치는 쪽을 택했다. 적의 적은 아군이라는 말도 있지 않은가.

"우리가 도와야 해요."

조원원이 적노를 돌아보며 말했다.

"불가하다."

"적주님……."

"적지 않은 목숨이 호중천에 의탁하고 있다. 지금은 그들을 안전한 곳으로 옮기는 것만으로도 힘에 벅차다."

적노의 음성이 서늘해졌다.

더 이상 그에 대한 얘기는 듣지 않겠다는 단호한 경고였다.

엽무백이 적노를 향해 말했다.

"사람들이 몸을 뺄 수 있도록 제가 시간을 끌어보죠. 대신 한 가지 부탁이 있습니다."

"말해보시게."

"병장기가 필요합니다."

적노는 추일경을 돌아보며 고개를 끄덕였다.

추일경이 마주 고개를 끄덕이고는 엽무백을 향해 말했다.

"따라오시오."

추일경이 자리에서 일어나 밖으로 나갔다.

조원원이 조르르 뒤를 따랐다.

엽무백은 자리에서 일어난 후 적노를 향해 공손하게 포권 지례를 올렸다.

"이 길로 갈까 합니다."

"벌써……."

"오래 있을수록 여러분이 위험합니다."

적노는 알겠다는 듯 고개를 끄덕이고는 진자강을 자애로운 눈으로 바라보며 말했다.

"한때 화산과 광동진가는 사이가 불편했지. 따지고 보면 모두가 부질없는 일이었던 것을. 환란의 시대에 진 대인이 보여준 기개는 참으로 대단했다. 일면식도 없었지만 나는 오랫동안 그분을 공경했단다. 반드시 금사도를 찾아가 광동진가를 다시 일으키려무나."

진자강의 눈에 눈물이 글썽였다.

자신 역시 일면식도 없는 아버지지만 그 명성만은 여러 사람을 통해 들어왔다. 이미 역사의 뒤안길로 사라진 자신의 가문과 아버지를 누군가 기억해 준다는 사실만으로도 진자강은 가슴이 벅차올랐다.

"염려 마세요, 할아버지. 반드시 금사도까지 살아서 갈게요."

"밥 한 끼 먹여 보내지 못해서 미안하구나."

그렇지 않아도 늙은 적노의 얼굴이 복잡한 심사로 말미암아 더욱 늙어 보였다. 마도천하가 되고 난 후 정도무림의 생존자들 사이에는 문파를 초월한 묘한 유대감이 있었다.

뜻하지 않게 광동진가의 소가주를 만나고, 이제 밥 한 끼 먹을 시간도 없이 헤어져야 하는 상황이 그는 못내 아쉬운 모양이었다.

적노가 엽무백을 돌아보며 말했다.

"무운을 비네."

"강녕하십시오."

엽무백은 마지막 작별 인사를 남기고 밖으로 나갔다. 추일경과 조원원이 바깥에서 기다리고 있었다. 그때 뒤따라 나온 문풍섭이 엽무백을 불러 세웠다. 그가 말했다.

"부탁 하나 해도 되겠소?"

"말해보시오."

"혹 생존한 화산의 제자들을 만나거든 복주의 호중천에 조사전의 향로가 있으며, 불씨가 아직 꺼지지 않았더라고 전해주겠소?"

"그럽시다."

"고맙소."

추일경을 따라간 끝에 당도한 곳은 작은 지하실이었다. 횃불을 밝히지 않으면 빛 한 점 들어올 구석이 없는 그곳엔 각종 병장기가 가득했다.

"금사도로 가기 위해 우리와 접촉했던 사람들이 두고 간 병장기들이오. 필요한 걸 골라보시오."

추일경이 말했다.

엽무백은 벽면 가득히 걸려 있는 병장기들을 훑어보았다. 제대로 관리를 하지 않아 죄다 녹이 어슬어슬 슬어 있었지만 하나같이 나름의 사연을 간직한 병기들일 것이다.

엽무백은 구석에 박혀 있는 단병 중 한 자가 조금 넘는 단검을 집어 들었다. 병(柄:손잡이)은 재질을 알 수 없는 까슬까슬한 가죽으로 감겨 있었는데 한 손으로 겨우 쥘 수 있을 만큼 짧은 반면 악(鍔:날)이 넓고 배(背:중앙의 산)가 높으며 무식하리만치 두꺼운 단검이었다.

여기까지만 해도 독특하다 할 수 있는데, 보통의 단검에선 절대로 볼 수 없는 괴이한 것이 하나 더 있었다. 가운데가 넓어졌다가 끄트머리로 갈수록 다시 좁아지는, 전체적으로 가랑잎 같은 모양새가 그것이었다.

"아미파의 어느 신니께서 두고 간 것인데 청강(靑釭) 쉰 근을 수천 번이나 두들겨 만들었는지라 바위도 무처럼 자르는 단검이라 들었소. 신니께서 무척 아끼던 단검인데 아무래도 여자의 몸에 은닉하기엔 다소 큰 탓에 두고 가신 것 같소이다."

추일경이 말했다.

"단검이 아니외다."

엽무백이 말과 함께 검병에 감겨 있는 기다란 가죽끈을 풀었다. 그러자 쇠막대기를 잘라놓은 듯한 검병에 수많은 선이 음각된 것이 보였다.

"그게 뭐죠?"

조원원이 눈이 휘둥그레져서 물었다.

"단검이 아니라 창두(槍頭)요. 몸에 은닉하기 좋도록 간(杆)을 버리고 두(頭)만 취한 모양이로군."

말과 함께 엽무백은 바짓가랑이를 걷어 올린 다음 검병에서 푼 가죽끈으로 창두를 정강이에 묶었다. 기름을 먹인 탓인지 가죽끈은 아직도 튼튼했다. 마지막으로 바짓가랑이를 내리자 창두를 숨기는 작업이 간단하게 끝났다.

엽무백은 다시 왼쪽 벽으로 시선을 옮겼다.

남무림인들이 흔히 쓰던 평범한 박도(朴刀)에서부터 마상의 기병이 적 말의 목을 치기 위해 도신을 두껍게 만든 참마도(斬馬刀), 관운장이 썼다는 언월도(偃月刀), 검처럼 직선으로 뻗은 직도(直刀), 베기에 특화된 유엽도(柳葉刀), 톱날이 숭숭 달린 거치도(鋸齒刀), 꼬챙이처럼 가늘고 긴 묘도(猫刀), 초승달처럼 휘어진 월도(月刀)까지 각양각색의 칼이 왼쪽 벽면을 빼곡하게 장식하고 있었다.

엽무백은 그중 가장 아래쪽에 방치되다시피 한 검 두 자루에 시선을 주었다. 생김새나 크기가 동일한 것으로 보아 아마쌍검(双劍)인 것 같았다.

엽무백이 그중 한 자루를 집어 들었다.

크기에 비해 이상하게 묵직했다.

쌓인 먼지를 훅 불자 시커먼 검갑이 나타났다.

검병을 쥐고 천천히 뽑았다.

스르릉!

맑은 쇳소리와 함께 백광의 검신이 모습을 드러냈다.

길이는 사 척에 이르렀고, 배(背)에는 깊숙한 혈조(血槽)가 길게 새겨져 있었다. 혈조는 적을 찔렀을 경우 피를 흐르게 하여 보다 심각한 타격을 주기 위해 파놓은 피의 길이다. 도에 혈조를 새겨 넣는 경우는 종종 봤지만 검에 새겨진 혈조는 생소했다.

"왜검(倭劍)이오. 석년에 동쪽 바닷가로 표류해 온 왜국의 무사를 사흘 동안 숨겨주었더니 감사의 표시로 주고 가더군. 왜국 무사들은 묘도처럼 가볍고 날렵한 칼을 쓰는데 이건 직검(直劍)인데다 쓸데없이 무거워 실용도가 낮소. 게다가 검신에는 사람의 마음을 심란하게 만드는 괴이한 문양까지 있소이다."

추일경이 말했다.

그의 말처럼 검신에는 나이테 같기도 하고 파도 같기도 한 이상한 문양이 가득했다. 문양은 배(背)를 중심으로 인(刃:날)과 가까워질수록 더 촘촘하고 밀도가 높았다.

"접쇠로군."

"접쇠? 그게 뭐죠?"

조원원이 이번에도 눈동자를 빛내며 물었다.

"검 여러 자루를 겹쳐 하나로 두들겨 만들었다는 뜻이오. 문양 하나가 검 한 자루지. 크기 이상으로 무거운 건 그 때문이고."

"칼에다 왜 그런 짓을 하는 거죠?"

"왜인들이 최근에 발견한 신기술이오. 평범한 철을 단련하기에 따라 운철(隕鐵)에 버금갈 정도로 단단하게 만드는 것도 가능하지."

"그럴 수가……."

조원원은 자신조차 몰랐던 각종 병기에 대한 내력이 엽무백의 입을 통해 줄줄 흘러나오자 무척 신기했다. 단검인 줄 알았던 아미 승려의 병기가 창이었다고 하더니, 이번엔 검 여러 자루를 겹쳐 하나로 두들겨 만들었다고?

놀라기는 추일경 역시 마찬가지였다.

그는 병기창을 직접 관리했기 때문에 이곳의 병기들에 대해 조원원보다 훨씬 해박했다. 한데 매번 자신이 모르는 것을 엽무백이 척척 말하자 민망함을 감출 수가 없었다.

엽무백은 칼날을 위로 향하게 들어 날을 한참 살폈다. 대륙의 창, 조선의 활, 왜의 칼이라는 말도 있거니와 왜인이 두고 간 검은 예리하기가 이를 데 없었다. 엽무백은 검신에 진기를 슬쩍 흘려 보냈다.

지잉……!

진기가 검과 공명하며 맑은 쇳소리가 울렸다.

엽무백이 천장에 매달려 있던 정체 모를 쇠사슬을 향해 검을 휘둘렀다. 싸악! 하는 소리와 함께 어른 팔뚝 굵기의 쇠사슬이 칡넝쿨처럼 잘려 나갔다.

그 순간,

우르르르.

천장에 만들어둔 문짝이 활짝 열리더니 머리 위에서 도끼와 칼, 낫 등속의 병장기들이 우르르 쏟아졌다. 놀란 사람들이 팔짝팔짝 뛰면서 한동안 난리법석을 피웠다.

"아무거나 함부로 건드리지 마시오!"

추일경이 버럭 소리를 질렀다.

아마 못 쓰는 병기들을 천장에 감춰둔 모양이다.

그때쯤 끊어진 쇠사슬을 주워 든 조원원의 표정이 착 가라앉았다. 쇠사슬의 단면이 면도로 자른 것처럼 깨끗했기 때문이다.

"눈이 없어서 보검(宝劍)을 눈앞에 두고도 몰라봤군요."

뒤늦게 쇠사슬의 단면을 발견한 추일경과 진자강이 소스라치게 놀랐다.

"다룰 수 있는 자에겐 보검이 되겠지만, 그렇지 못한 자에겐 아무짝에도 쓸모없는 고철 덩어리지."

엽무백이 말했다.

"평범한 검 여러 개를 하나로 모아 보검을 만든다? 어쩐지 금사도로 향하는 당신에게는 운명 같은 검이라는 느낌이 드는 걸요."

조원원이 말했다.

주거니 받거니 죽이 척척 맞는 두 사람을 보며 눈이 없어

보검을 알아보지 못한 추일경은 얼굴이 붉으락푸르락해졌다.

엽무백은 검을 검갑에 꽂은 다음 아래에 놓여 있는 쌍둥이 검까지 챙겼다. 마지막으로 병기는 아니었지만 구석 탁자 위에 놓여 있는 호리병 하나를 집어 들었다. 추일경이 이따금 찾아와서 홀짝홀짝 마시던 술 호리병이 틀림없었다. 엽무백은 호리병을 품속에 집어넣으며 말했다.

"이제 됐소."

"다른 건 필요없소?"

추일경이 물었다.

"이 정도면 됐소."

엽무백이 진자강을 향해 돌아서며 말했다.

"반 시진이 지나면 호중천을 나와 북동쪽 외곽의 야산에 있는 큰 소나무 아래에서 기다려라."

진자강이 굳게 다문 입술로 고개를 주억거렸다.

"호중천 바깥까지 안내해 드릴게요."

조원원이 말했다.

第三章　매혈방을 치다

십병귀

조원원과 함께 밖으로 나온 엽무백은 하늘을 올려다보았다. 대웅성좌(大熊星座)의 일곱 별이 휘영청 빛나고 있었다. 고래로 뱃사람들은 대웅성의 꼬리별의 방향을 보고 시간을 측량했다.

'유(酉)시 초.'

초저녁엔 인간의 잠력이 가장 강해지는 시간, 혼자서 매혈방으로 쳐들어가 싸우기에는 좋은 때가 아니다.

하지만 미룰 수가 없었다.

지금쯤이면 마교의 고수들이 자신을 잡기 위해 달려오고

있을 터. 밤이 깊어지기 전에 모든 일을 끝내고 새벽이 시작될 무렵엔 최소 백 리 정도는 달아나야 했다.

"여기서 잠깐만 기다리세요."

조원원이 말을 하더니 순식간에 사라졌다.

잠시 후, 다시 나타난 조원원이 말했다.

"됐어요. 가요."

조원원이 앞장을 섰다.

엽무백이 뒤를 따랐다.

올 때처럼 여러 집의 방을 들어가고 나왔지만 사람은 모두 바뀌어 있었다. 들고 나는 길이 하나가 아닌 것이다. 그러다 어느 순간부터 컹컹 개 짖는 소리가 밤하늘에 울려 퍼졌다. 예닐곱 번째 방에 들어갔을 무렵 웃통을 벗어젖힌 사내 하나가 둘을 막아섰다.

"무슨 일이죠?"

조원원이 물었다.

"놈들이 번견(番犬)을 앞세우고 사창가를 에워쌌습니다. 골목이 워낙 복잡한데다 지분(脂粉) 냄새가 강해 아직까진 방황하고 있습니다만, 곧 호중천까지 들이닥칠 것 같습니다."

"언제 여기까지……?"

조원원은 어찌할 바를 몰라 했다.

골목에 깔린 무사 몇 명 해치우는 건 일도 아니었다. 하지만 여기서 모습을 드러내면 사창가에 호중천이 있다는 걸 알리는 셈이 된다. 그렇게 되면 비선의 식구들이 몸을 뺄 시간이 없게 된다.

"여기서 헤어집시다."

엽무백이 말했다.

"지금 나가면 눈에 띄게 돼요."

"길은 아래에만 있는 것이 아니오."

잠시 고개를 갸웃거리던 조원원은 이내 포기를 했다. 이 사내, 오래 겪어보진 않았지만 고집을 꺾을 위인이 아니었다. 조원원은 품속에서 대나무 젓가락 한 다발을 꺼내 내밀었다.

"이게 뭐요?"

"낮에 대로에서 싸우는 걸 봤어요. 이걸 요긴하게 쓰시더라고요."

엽무백이 젓가락을 받아 들었다.

족히 백여 개는 될 것 같았다.

오죽으로 만든 투골저와 사람들이 식기(食器)로 쓰는 젓가락은 무게나 길이 면에서 확연히 다르다. 조원원이 준 젓가락은 없는 것보다는 나을 테지만 두개골을 뚫는 투골저로서의 효용은 거의 없었다. 눈알이나 파면 모를까.

"고맙소."

"천만에요."

엽무백이 젓가락 묶음을 품속에 챙겨 넣은 후 창밖으로 몸을 날리려는 찰나 조원원이 다시 붙잡았다.

"밀지는 십중팔구 임호군의 품속에 있을 거예요."

"……?"

"금사도를 찾는 사람이 나타났고, 그가 혈안룡을 비롯해 매혈방의 무사 여럿을 죽였죠. 그것도 압도적인 실력으로. 그럼에도 불구하고 도주를 하지 않고 도시에 머물고 있어요. 그런 상황에서 저라면 가장 먼저 밀지부터 챙겼을 것 같아요."

한순간 엽무백의 눈동자가 반짝였다.

놀라운 통찰력이 아닌가. 가벼운 행동과 감정에 치우친 화법 때문에 강호의 경험이 적은 애송이라 여겼다. 한데 꼭 그렇지만도 않은 것 같다는 생각이 들었다.

곰곰이 생각해 보니 이번이 처음이 아니다.

매혈방의 무사들을 따돌리고 골목길로 돌아왔을 때도 그녀는 폐가에서 자신을 지켜보고 있었다. 적지 않은 변수가 있었던 상황에서 그녀는 상대의 생각을 읽고 있었다. 그건 작지 않은 능력이었다.

엽무백은 고개를 끄덕인 후 밖으로 몸을 날렸다. 처마 끝을 잡고 가볍게 지붕 위로 올라선 그는 고양이처럼 납작 엎드려 좌우를 한참이나 살폈다.

그러다 어느 순간 도약과 함께 허공으로 쭉 솟구쳤다. 커다란 달에 흑점 하나가 생겨나는가 싶더니 순식간에 사라져 버렸다. 그 모습을 조원원은 넋 나간 표정으로 바라보고 있었다.

"야조(夜鳥)……!"

*　　　*　　　*

유시 중(中).

매혈방은 횃불을 든 무사들로 불야성(不夜城)을 이루었다. 특히 횃불이 많이 모인 곳에 한 사람이 서 있었다. 황금빛 장포를 입고 기다란 수염을 늘어뜨린 초로인은 방주 임호군이었다.

임호군의 발아래에는 싸늘한 주검으로 변한 혈안룡이 누워 있었다. 처음 혈안룡이 죽었다는 보고를 받았을 때 임호군은 믿지 않았다. 이곳 복주 땅에서 감히 자신의 핏줄에게 위해를 가할 사람이 있을 거라고는 생각하지 않았다.

그러다 주검을 보는 순간 임호군은 혈안룡의 죽음을 받아들이는 차원을 넘어 상상도 못할 분노를 느꼈다. 주검에 난 다섯 방의 칼집 때문이었다.

얘기를 듣자니 여러 사람이 합공을 한 것도 아니고 단 한 사람이 이토록 여러 번 쑤셨단다. 그것도 조금이라도 오래 살려둘 요량으로 급소를 피해 찌르는 바람에 그렇게 되었단다.

혈안룡을 인질의 가치로만 여길 뿐 사람으로 여기지 않았다는 뜻이다. 불구대천의 원수라도 이렇게 죽이진 않을 것이다.

도대체 누구란 말인가.

이토록 잔악무도한 손속을 지닌 놈은.

그때 연무장 가득한 횃불이 썰물처럼 갈라지며 네 필의 말이 달려왔다. 진백령이 사신왕을 이끌고 나타난 것이다. 지척에 이르자 네 사람이 말에서 훌쩍 내리더니 임호군의 앞에서 차례로 한쪽 무릎을 굽혔다.

"진백령, 방주님을 뵙습니다."

"괵치록, 방주님을 뵙습니다."

"홍모예, 방주님을 뵙습니다."

"마종록, 방주님을 뵙습니다."

평상시라면 이렇게까지 거창하게 인사를 하지 않았다. 하지만 사신왕은 방주 임호군을 근 할 달 만에 알현하는 데다 혈안룡의 죽음이라는 중차대한 문제에 직면하고 있었다.

"경과는?"

임호군이 물었다.

착 가라앉은 그의 목소리에서 진백령은 방주의 분노를 읽을 수 있었다.

"번견들이 사창가에서 냄새를 맡았습니다."

"사창가?"

"아마도 놈이 사창가에 은신해 있는 것 같습니다. 천라지
망을 펼쳤으니 곧 놈을 잡을 수 있을 겁니다."

사창가라니?

밑도 끝도 없이 사창가라니.

그 해답은 놈의 행보를 따라가며 추론해야 한다.

놈은 왜 도주를 하지 않고 도시를 배회하고 있을까?

복주 전역에 숨을 곳이 얼마나 많은데 왜 하필 사창가를 택
했을까?

우연이었을까?

그럴 리가 없다.

놈은 누군가를 만나기 위해 복주를 떠나지 않았고, 그 누군
가는 놈을 사창가로 인도했다. 그렇다면 누가 놈을 인도했느
냐는 문제만 남는다. 금사도를 찾아온 자가 만날 사람은 그들
밖에 없었다.

"그랬군……."

임호군이 혼잣말을 중얼거렸다.

그가 진백령을 돌아보며 말했다.

"사창가에 적노가 있다."

"그게 무슨……?"

진백령을 포함한 사신왕이 눈을 치떴다.

적노라면 과거 방주가 몸담았던 비선의 적주였다. 지금 이 순간 그의 이름이 왜 언급된단 말인가.

"틀림없어. 사창가에 비선의 잔당이 숨어 있다. 모든 병력을 사창가로 집결시키고 내가 당도할 때까지는 개미새끼 한 마리 빠져나가지 못하게 하라. 반드시 산 채로 잡아야 한다."

"존명!"

산 채로 잡으라는 이유는 명확하다.

만인이 보는 앞에서 혈안룡이 당한 것을 그대로 돌려주려는 것이다. 일벌백계로 삼아 사람들에게 경고를 하는 한편, 땅에 떨어진 매혈방의 권위를 바로 세우려는 것이다.

사신왕을 포함한 사람들이 일제히 말에 올라 임호군을 호위하며 정문을 향해 달려갔다. 그 순간, 누가 먼저랄 것도 없이 달리던 말을 멈춰 세웠다.

높다랗게 솟은 정문 망루 위 용마루에 검은 인영 하나가 걸터앉아 한가롭게 술을 마시고 있었다. 무릎 위에는 두 자루 검을 올려놓은 채.

사람들은 깜짝 놀랐다.

언제 저곳에 사람이 앉아 있었단 말인가.

어이하여 아무도 그것을 눈치채지 못했단 말인가.

임호군의 놀라움은 더욱 컸다. 망루와 자신이 서 있는 곳의 거리는 불과 십여 장. 외인이 이토록 가까이 접근할 때까지 그는 어떤 기척도 느끼지 못했다.

"저, 저놈입니다! 저놈이 소방주를 죽였습니다!"

누군가 찢어지게 외쳤다.

낮에 만리촉에서 혈안룡과 함께 왔던 벽호당의 무사 중 한 명이었다. 그때쯤 엽무백은 이미 역용을 풀고 본모습을 드러낸 상태였다.

갑작스러운 흉수의 등장에 매혈방의 연무장은 벌집을 건드린 것처럼 소란스러워졌다. 일제히 도검을 뽑아 드는 바람에 연무장 전체가 은빛 비늘로 번쩍거렸다.

"쳐라!"

성질 급한 마종록이 소리쳤다.

신법에 조예가 있는 벽호당의 무인 여섯 명이 좌우에서 비호처럼 날아올랐다. 양쪽에서 포위해 발을 묶으려는 것이다. 그 순간 흉수가 한 손을 가볍게 휘저었다. 파리를 쫓는 것처럼 가볍기 짝이 없는 동작. 하지만 그 여파는 경악스러운 것이었다.

파파파팍!

짧은 파공성과 함께 비상하던 벽호당의 무인 다섯이 살 맞은 새처럼 떨어졌다. 죄다 왼쪽 가슴에 대나무 젓가락을 꽂은 채 버둥거렸다.

엽무백이 젓가락의 강도와 무게를 감안해 두개골을 뚫는 대신 심장을 노렸기 때문이다.

뒤를 이어 도약하려던 무인들이 걸음을 우뚝 멈췄다. 단 한 번의 출수로 십 년 이상을 수련한 벽호당의 고수 다섯을 쓰러뜨려 버리는 신위에 움찔 놀란 것이다. 장내가 찬물을 끼얹은 것처럼 고요했다.

임호군의 눈빛이 착 가라앉았다.

놈이 암기술에 비범한 조예가 있다는 얘기는 들었지만 이 정도일 줄이야. 이건 당문의 고수들도 쉽사리 펼칠 수 있는 것이 아니었다. 더구나 암기로 쓴 것이 평범하기 짝이 없는 대나무 젓가락이라니…….

"이름이 뭔가?"

임호군이 망루 위의 그림자를 향해 물었다.

"엽무백."

"대단한 실력이군."

"네가 임호군이냐?"

"저런 개 쌍놈이!"

마종록이 발끈하며 나섰다.

임호군이 그를 제지하고 말을 이었다.

"그렇다. 내가 임호군이다."

"둘이서만 얘기했으면 좋겠는데, 절차가 있나?"

"저런 미친 호래자식을 봤나!"

더는 참지 못한 마종록이 허공으로 쭉 솟구쳤다.

때를 맞춰 틈을 엿보던 홍모예가 소매에서 비도를 출수했다. 상대가 암기를 출수할 것에 대비해 마종록을 엄호하려는 것이다.

귀청을 찢는 파공성과 함께 비도가 엽무백을 향해 날아갔다. 그때쯤엔 마종록의 공격이 시작되고 있었다. 한 번의 도약으로 삼 장을 단숨에 뛰어오른 그는 길쭉한 쇠도리깨를 질풍처럼 휘둘렀다. 무림인들은 이것을 대초자곤(大梢子棍)이라 부른다.

일순 거암도 쪼갤 듯한 기세가 휘몰아쳤다.

원심력에 의해 크게 휘둘러진 대초자곤의 짧은 쪽 쇠몽둥이는 정확히 엽무백의 뒤통수를 노렸다. 공간의 한 점을 뚫고 날아간 비도가 뒤를 이어 엽무백의 목을 향했다.

그 순간 사람들은 그림과도 같은 한 장면을 보았다.

용마루에 걸터앉아 있던 엽무백이 용수철처럼 튀어 오르며 허공에서 한 바퀴를 돈 것이다. 비도와 대초자곤은 아래로 흘러내린 그의 머리카락을 양 방향에서 뚫고 쓸며 지나갔다.

뒤를 이어 하박을 파고든 엽무백의 양손에 들린 은빛 물체가 마종록을 빛살처럼 스쳐 갔다. 허공에 마종록의 것으로 짐작되는 핏물이 길게 뿌려졌다.

그대로 고꾸라진 마종록이 지붕의 비탈을 타고 주르륵 미끄러지다가 삼 장 아래의 청석 바닥으로 뚝 떨어졌다.

"장로님!"

마종록의 수하들이 비명을 지르며 달려갔다.

앞으로 떨어진 마종록을 뒤집자 그의 모습이 적나라하게 드러났다. 허옇게 까뒤집어진 눈, 흙 묻은 얼굴, 그리고 옆구리에서 시작해 가슴까지 가르고 지나간 두 개의 검흔. 두 개의 검흔이 교차하는 지점에 정확히 마종록의 심장이 있었다.

비명을 지를 사이도 없이 즉사한 것이다.

사람들이 지붕 위를 향했다.

달빛을 배경으로 서 있는 엽무백의 양손에는 어느새 시퍼런 검 두 자루가 들려 있었다.

대체 언제 피하고 언제 출수를 했단 말인가.

사람들은 경기가 일어난 것처럼 눈까풀을 떨었다.

특히 임호군의 놀라움은 컸다.

흥수의 나이 불과 스물 중후반. 저토록 젊은 나이에 어찌 일신에 저런 무력을 지닐 수 있단 말인가. 그는 일생일대의 대적을 만났음을 깨달았다.

그 와중에도 진백령은 홍모예에게 전음을 날렸다.

'전 병력에 귀환 명령을 내려라. 어서!'

홍모예가 미세하게 고개를 끄덕이고는 후방의 당주들에게 다가가 명령을 전했다. 몇 사람이 사라지는가 싶더니 잠시 후 밤하늘에 폭죽이 솟아올랐다. 펑펑 소리가 요란하게 울리며 복주의 밤을 흔들어 깨웠다.

진백령은 매혈방이 탄생한 이래 최강의 적을 만났음을 직감했다. 더불어 오늘의 전투가 예상했던 것보다 훨씬 치열할 거라는 걸 느낄 수 있었다. 어쩌면 상당수가 내일 해가 뜨는 것을 보지 못하리라.

쥐 죽은 듯한 정적이 흐르는 가운데 엽무백이 연무장에 모인 사람들을 쓸어보며 말했다.

"한 번만 말할 테니 잘 들어라. 싸우는 중에라도 마음이 바뀌는 자 병기를 버리고 바닥에 엎드려라. 그럼 죽이지는 않겠다."

엽무백이 허공을 날았다.

체공의 순간 천근추의 수법을 발휘, 벼락처럼 떨어져 내린 그는 양손에 들려 있던 두 자루 검으로 방원 일 장을 갈랐다. 그 궤적 안에 있던 일곱 명의 무사가 피를 사방으로 뿌리며 쓰러졌다.

느닷없이 펼쳐진 이 가공할 기습에 사람들이 기겁하며 물러났다. 엽무백의 주변엔 순식간에 방원 삼 장의 공간이 생겨났다.

"쳐라!'

진백령의 사자후가 밤하늘에 울려 퍼졌다.

한순간 몸을 뺐던 무인들이 퍼뜩 정신을 차렸다. 백여 개의 인영이 일정한 방위를 점하며 엽무백을 에워쌌다. 동시에 한 사람을 향한 일백의 공격이 시작되었다.

엽무백의 신형이 그들을 맞아 질주했다.

그의 모습은 빽빽한 수림 속을 관통하는 바람과도 같았다. 바람이 나무를 스칠 때마다 은빛 비늘이 번뜩였다. 인간의 팔다리가 낫을 만난 풀 모가지처럼 허공으로 솟구쳐 올랐다.

비명이 난무하고 피보라가 튀었다.

눈 깜짝할 사이에 엽무백의 행로를 따라 시체가 즐비하게 늘어서고 있었다. 검진은 깨진 지 오래였고, 아직 병기를 부딪치지 않은 자들은 자신들을 향해 다가오는 한줄기 돌풍을 보며 공포에 휩싸였다.

"으악!"
"으악!"
"으악!"
"으악!"
"으악! 사, 살려주시오!"

한 사람이 찢어지게 외쳤다.

엽무백의 좌검이 그의 목을 찌르기 직전이었다.

오줌까지 지린 사내는 사지를 발발 떨면서 검을 떨어뜨렸다. 이어 행여 엽무백의 마음이 바뀔세라 재빨리 바닥에 엎드렸다.

엽무백이 사내를 겨누었던 검을 회수했다.

동시에 자신을 둘러싼 채 이러지도 저러지도 못하고 있는 적들을 향해 검을 주욱 겨누었다. 검첨이 자신들을 향할 때마다 겁에 질린 무사들이 하나둘씩 병기를 버리고 바닥에 엎드리기 시작했다. 무얼 어찌해 볼 수도 없는 압도적인 무력 앞에 전의를 상실한 것이다.

엽무백의 검이 임호군과 사신왕을 향했다.

"선택하라."

엽무백의 입에서 서늘한 음성이 흘러나왔다.

덤비다가 죽든지 병기를 버리고 목숨을 구걸하든지 양자택일을 해야 하는 상황. 진백령, 곡치록, 홍모예는 눈동자를 사납게 일렁였다.

그들은 개처럼 살기보다는 명예롭게 죽기를 택했다. 잠시 눈빛을 교환한 세 사람이 동시에 엽무백을 향해 신형을 쏘았다.

가장 먼저 쇄도해 온 것은 진백령의 대감도였다.

벽파도(碧波刀)라는 도법의 이름처럼 성난 파도와 같은 기세가 몰아쳤다.

때를 맞춰 곽치록의 사모창(蛇矛槍)이 옆구리를 지져왔다. 사모(蛇矛)라는 이름에서 알 수 있듯 사모창은 뱀처럼 구불구불한 창날이 특징이다. 톱처럼 창자를 썰어버리는 공능이 있기 때문에 한 번이라도 찔리면 목숨을 잃을 각오를 해야 한다.

홍모예는 등 뒤에서 요령검(妖鈴劍)을 찔러갔다.

검봉에 여러 가지 모양의 구멍을 뚫어 검을 휘두를 때마다 기이한 음향이 울리는 요령검은 상대의 집중력을 흩트리는 동시에 공격을 방향을 예측하지 못하게 하는 공능이 있었다.

흑도의 고수답게 하나같이 사악한 병기들이었다. 하지만 엽무백의 비정하고 잔인한 무예를 감당하기에는 턱없이 부족했다.

까라라랑!

두 자루의 검과 세 개의 병장기가 연달아 격돌했다.

대감도와 사모창을 거의 동시에 아래로 쳐낸 엽무백은 질풍처럼 돌아서며 요령검을 머리 위로 떨궈 버렸다. 동시에 좌검으로 홍모예의 몸통을 갈랐다. 그 순간, 쓰러지는 홍모예의 무릎을 밟고 도약한 엽무백은 하박을 노리는 대감도와 사모창을 아래로 흘리며 두 사람의 등을 갈라 버렸다.

한 번의 회전과 한 번의 도약, 그리고 바닥에 떨어졌을 때는 세 개의 몸뚱어리가 썩은 고목처럼 무너지고 있었다.

털썩, 털썩, 털썩……

잘려 나간 몸의 단면에서 핏물이 뭉클뭉클 흘러나왔다.

그야말로 빛살과도 같은 검초.

'빠르다!'

쓰러지는 세 사람의 머릿속에 공통으로 떠오른 잔상이었다. 아직 숨통이 끊어지지 않은 세 사람은 피를 게워내며 신음했다. 단 한 수에, 그것도 셋이 협공을 하고도 당했다는 것이 믿어지지 않는 듯 얼굴엔 의혹이 가득했다.

하지만 그것도 잠시, 가장 먼저 쓰러졌던 홍모예를 필두로 꾁치록과 진백령이 차례로 숨을 멈췄다. 한때 복주의 남동해안을 떨어 울리던 삼 인의 흑도고수는 생면부지의 괴물을 만나 그렇게 허무하게 죽어버렸다.

경악한 사람들은 온몸을 부르르 떨었다.

압도적인 무위라는 것도 정도가 있다. 이건 현실감이 전혀 느껴지지 않을 정도의 상황이다. 도대체 어디서 저린 괴물이 등장했단 말인가.

엽무백이 임호군을 향해 천천히 돌아섰다.

사람들의 시선도 자연스럽게 임호군을 향했다.

그들의 방주는 복건성에서 열 손가락에 꼽히는 절정의 검사. 불과 일 년 만에 동남해안에 흩어져 있던 열일곱 개 흑도 방파를 제압한 것만으로도 그의 실력을 능히 짐작할 수 있었다.

하지만 그는 그것으로 만족하지 않고 계속 수련을 했고, 최근에는 불현듯 느끼는 바가 있어 폐관 수련까지 감행했다.

무공이란 벽을 깰 때마다 하늘과 땅만큼의 차이가 있는 법. 매혈방의 운명은 오직 그가 폐관 수련을 통해 얻은 깨달음에 달려 있었다.

"이제 둘만 남았군."

엽무백이 말했다.

엄격히 말하면 연무장엔 아직도 적지 않은 매혈방의 무사들이 있었다. 하지만 전의를 상실하고 바닥에 엎드린 그들은 더 이상 적이 될 수 없었다.

임호군은 피가 거꾸로 솟는 것 같았다.

불과 어제만 해도 그는 암동에서 깊은 삼매(三昧)에 빠져 있었다. 한데 불과 하루 만에 하나밖에 없는 아들이 죽고, 형제나 다름없던 사신왕까지 주검으로 변해 버렸다. 매혈방엔 아직 적지 않은 무사들이 있었지만 지금 이 순간 하등의 도움도 되지 않았다.

어쩌다가 이런 지경까지 되었단 말인가.

"원하는 게… 무엇인가?"

"동료들을 팔아서 산목숨으로 사는 건 어떤 기분이지?"

조소가 섞인 엽무백의 음성.

그 한마디에 임호군은 엽무백이 적노를 만났다는 것을 확신했다. 더불어 놈이 무엇을 원하는지도 알 수 있었다.

"금사도로 가려는가?"

"아니면 내가 왜 당신을 만나러 왔겠어?"

"정파의 인물 같지는 않은데……?"

"긴말하지 않겠어. 밀지를 넘겨."

"그게 내 목숨 값인가?"

"말귀를 빨리 알아듣는군."

"너는 내 아들의 목숨 값을 어떻게 치를 셈이더냐?"

"그 망나니를 살리려고 동료들을 판 것 아니었나? 그럼 다른 사람들이 이미 차고 넘치도록 치른 것 같은데."

"……!"

임호군의 눈동자가 착 가라앉았다.

임호군이 동료들을 배신하고 비선을 마교에 팔아먹은 데는 사연이 있었다. 본래 정사지간의 문파인 고검문(孤劍門)의 문주였던 임호군은 환란의 시대에 가족을 모두 잃고 무림맹에 투신, 마교에 저항했다. 마지막엔 비선의 일원이 되어 정도무림의 생존자들을 안전한 곳으로 인도하는 데 전력을 쏟았다.

하지만 동료들이 죽고, 가족들마저 모두 죽고 나자 어느 순간 회의가 찾아들었다. 과연 자신은 무엇을 위해서 싸웠을까? 과연 정도무림만이 선이고 마교는 악일까? 악과 선은 정말 그렇게 중요한 문제일까?

그러던 어느 순간 죽은 줄 알았던 아들이 마교도가 되어 나타났다. 게다가 평생 풀리지 않았던 비전 검공의 난제를 풀 실마리도 가져왔다.

마교의 고수가 정체불명의 검보를 아들 편에 보낸 것이다. 물론 마공이었다. 아들의 등장은 임호군의 삶을 송두리째 바꿔 버렸다. 그는 매혈방을 만들고 그 옛날 고검문을 이끌던 시절에도 하지 못했던 성세를 이루었다. 적지 않은 재물과 무력을 마교에 바쳤음은 물론이다.

"난 배신을 한 적이 없다. 다만 힘을 좇았을 뿐."

말과 함께 임호군이 신형을 쏘았다.

엽무백의 신형도 빗살로 변했다.

깡! 까까까깡!

격렬한 첫 합에 이어 세 자루의 검이 질풍처럼 격돌했다. 대기가 땅땅 울리는 경력이 뿜어져 나와 좌중을 휩쓸었다. 행여나 화가 미칠세라 사람들은 십여 장 밖으로 물러나기 바빴다.

임호군의 성명 절기인 백양검은 다수의 검기(劍氣)가 뿜어져 나와 종국에는 수많은 가지를 거느린 버드나무처럼 상대를 옭아매는 괴이한 특징이 있었다.

폐관 수련에 들어가기 전 임호군은 칠성의 경지였고, 세 줄기의 검기를 뽑아낼 수 있었다. 평생 한 줄기의 검기라도 구현해 내는 것이 모든 검사들의 숙원이고 보면, 하나의 검으로 세 줄기의 검기를 뽑아내는 것이 얼마나 대단한 경지인지를 짐작할 수 있으리라.

이 모든 것이 마공을 익힌 결과다.

한데 지금 임호군의 검에서는 다섯 가닥의 검기가 뿜어져 나오고 있었다. 검기는 계속해서 늘어나더니 어느 순간 열 개로 변해 버렸다.

그때부턴 검기가 아니라 검망(劍網)이었다.

시퍼런 빛으로 이루어진 검망은 흡사 벌떼가 웅웅거리는 듯한 소리와 함께 엽무백을 몰아붙이기 시작했다.

"방주께서 백양검을 대성하셨다!"

누군가의 외침을 필두로 좌중에서 경탄성이 터져 나왔다. 돌변한 방주의 기도에 죽은 듯이 엎드려 있던 무사들이 저마다 도검을 줍고 일어섰다.

그들의 눈에 비친 임호군의 검술은 천하의 그 어떤 검사도 도달해 보지 못한 최고의 경지였다. 복건 십대고수였던 방주가 복건제일의 검사로 탈바꿈하는 순간, 매혈방의 무사들은 상황이 역전되었다는 걸 깨달았다.

우레와 같은 함성이 끊이질 않고 터져 나왔다.

하지만 눈썰미가 매서운 사람이 있었다면 뭔가 이상한 낌

새를 눈치챘을 것이다. 압도적인 무위로 사납게 몰아붙이는 그들의 방주는 땀을 뻘뻘 흘리는 데 반해, 두 자루 검을 들고도 방어를 하기에 급급한 엽무백은 오히려 평온했다.

무엇보다 엽무백의 두 다리가 한곳에 박혀 꿈쩍도 하질 않았다. 정말로 급급한 상황이라면 보법이 어지럽게 흔들리며 후퇴를 거듭해야 하는 것이 인지상정 아닌가.

하지만 불행하게도 사신왕이 모두 죽어버린 지금 임호군의 상태를 정확히 볼 수 있는 사람은 없었다.

그 무렵 엽무백은 임호군의 검공을 면밀하게 살피고 있었다. 괴이했다. 하나의 검으로 여러 줄기의 검기를 뽑아낸다는 것이 괴이했고, 검기로 그물과도 같은 망을 만들어낸다는 것도 괴이했다.

그 괴이함이 낯이 익었다.

어디에서 보았더라?

'비마궁?'

틀림없다.

팔마궁 중 제일궁인 비마궁의 십대검법 중 하나인 초광비검(超光飛劍)과 유사한 형태를 보였다. 비마궁이 강남과 남동 해안에 대한 영향력을 확보하기 위해 임호군을 앞세워 매혈방을 키운 모양이다.

'비마궁, 무슨 짓을 벌이고 있는 게냐.'

대저 지류의 물은 본류로 거슬러 흐를 수 없는 법. 하지만 임호군의 검초는 비마궁의 절정고수가 펼치는 초광비검 못지 않았다. 뼈대를 이루는 백양검과 가지를 풍성하게 만드는 초광비검이 완벽하게 합일을 이루었다는 증거다.

그러나 완벽과 빈틈은 상대적인 것이다.

어린아이의 눈에는 왈패가 휘두르는 몽둥이질도 무시무시한 위력으로 보일 것이고, 고수의 눈에는 반대로 어린아이의 작대기질에 불과할 것이다.

엽무백은 머지않아 임호군이 뽑아낸 검기가 완전하지 못함을 알아차렸다. 그건 열 개의 검기라기보다는 하나의 검기가 바스러진 대나무 줄기처럼 사방으로 뻗친 것에 불과했다.

한 점으로 모아 충격파를 극대화하는 대신 사방으로 퍼뜨려 검기가 미치는 권역을 넓힌 것이다. 한 수 아래의 적을 상대할 때는 무시무시한 위력을 발휘하겠지만 승부를 장담할 수 없을 정도의 고강한 적을 만나면 오히려 패착이 될 검공이었다.

잠깐의 혼란을 줄 수는 있겠으나 그뿐이었다.

그 무렵 사창가를 에워쌌던 무사들이 번견들을 이끌고 속속 등장했다. 지원 병력이 나타나자 매혈방의 생존자들이 우레와 같은 환호성을 질렀다. 컹컹 개 짖는 소리와 금방이라도 뛰어들 것 같은 무사들의 환호성으로 연무장이 들끓었다.

'됐어.'

엽무백의 입가에 미소가 어렸다.

그가 지금까지 시간을 끈 것은 호중천에 있을 비선의 사람들이 몸을 뺄 시간을 주기 위해서였다. 하나둘씩 매혈방에 도착하는 것을 보니 이만하면 시간은 충분히 준 것 같았다.

이제 끝내야 할 때가 된 것이다.

엽무백이 검망의 한가운데로 좌검을 슬쩍 찔러 넣었다.

까라라라랑!

맹렬한 금속성과 함께 검망을 이루고 있던 열 줄기의 검기가 연기처럼 흩어져 버렸다. 그와 동시에 엽무백의 신형이 질풍처럼 회전했다. 쭉 뻗은 우검이 빛살처럼 허공을 갈랐다.

"헉!"

짧은 비명과 함께 물러나는 임호군의 가슴에 검붉은 혈선이 생겨나기 시작했다. 어깨 어림에서 시작된 혈선은 가슴을 정확히 반으로 가르더니 옆구리를 통해 빠져나갔다. 혈선을 따라 핏물이 주르륵 흘러내려 임호군의 옷섶을 적셨다.

본능적으로 자신의 가슴을 내려다본 임호군이 천천히 고개를 들었다. 엽무백을 바라보는 눈동자가 격심하게 흔들리고 있었다. 방금 본 검초를, 지금의 상황을 받아들일 수가 없는 것이다. 하지만 이미 끝난 싸움이었다.

"좋은 검공이었다."

엽무백의 단조로운 한마디였다.

임호군의 눈동자가 가늘게 떨렸다.

평생을 바쳐 수련해서 마침내 대성을 이룬 백양검이 상대에겐 그저 좋은 검공에 불과했던 것이다. 맥이 탁 풀린 임호군은 바닥에 무릎을 꿇고 말았다. 몸 안에서 정기란 정기는 죄다 빠져나가는 것 같아 더는 서 있을 수가 없었다.

"너는… 누구냐?"

"엽무백."

엽무백이 한 걸음 다가섰다.

번쩍 들린 칼이 허공을 갈랐다.

임호군의 목에서 피보라가 튀더니 이내 옆으로 서서히 넘어갔다. 방주의 무참한 죽음을 목격한 사람들은 다시 한 번 사지를 떨었다. 도검을 들고 일어섰으면서도 누구 하나 나서질 못했다.

엽무백은 쓰러진 임호군의 품속을 뒤져 손가락만 한 대통 하나를 찾아냈다. 밀봉을 떼고 거꾸로 털자 이번엔 돌돌 말린 유지가 나왔다. 유지를 펼치는 순간 엽무백은 자신이 찾던 밀지라는 걸 알 수 있었다.

조원원의 예상이 들어맞은 것이다.

엽무백은 대통을 품속에 챙겨 넣은 후 좌중을 둘러보았다. 생사를 떠나 쓰러져 뒹구는 자들의 숫자만 백여 명에 육박했다. 그중 절반은 살아날 가망성이 없어 보였다. 운이 좋아 목숨을 건진 자들도 상당수는 평생 불구로 살아야 하리라.

하룻밤에 너무 많은 피를 보았다.

후회는 않지만 사람을 죽이는 일이 재밌는 사람은 없다. 미치광이 살인마가 아닌 이상은.

엽무백이 다시 좌중을 쓸어보았다.

도검을 들고 있던 무사들은 엽무백과 눈을 마주치자 앞다투어 병기를 버리고 바닥에 엎드렸다. 도저히 싸울 엄두가 나지 않은 탓이다.

그때까지도 도시로 흩어져 수색을 벌이던 무사들이 속속 도착했지만, 장내에 벌어진 처참한 상황을 목격하고는 입이 쩍 벌어졌다. 그들은 병기를 버리고 엎드리는 동료들을 바라보며 어찌할 바를 몰라 했다.

"따라오는 놈은 맹세코 죽인다."

말과 함께 엽무백이 도약을 했다. 한 번의 도약으로 삼 장 높이의 지붕으로 뛰어오른 그는 눈 깜짝할 사이에 어둠 속으로 사라졌다.

*　　　*　　　*

복주의 북동쪽 외곽 야산 중턱.

조원원은 기다란 원통을 눈에 붙이고 저 멀리 달빛 아래 어슬푸레 보이는 매혈방을 일다경째 살피고 있었다.

"그게 뭐예요?"

진자강이 물었다.

"십리경."

"그게 뭔데요?"

"멀리 있는 걸 가까이 보이도록 해주는 물건이지. 일종의 천리안(千里眼)이라고나 할까?"

"그런 게 있어요?"

"일전에 범선을 타고 온 홍모귀(紅毛鬼)에게 화섭자 한 쌈을 주고 얻었어. 종이를 비벼 불을 일으켰더니 깜짝 놀라면서 이거랑 바꾸자고 하더라고."

"홍모귀는 또 뭐예요?"

"너 바닷가 처음이니?"

조원원이 잠시 십리경에서 눈을 떼고 물었다.

"네."

"옛날에 제법 돌아다녔다면서?"

"열세 살짜리가 돌아다녀 봐야 얼마나 다녔겠어요?"

"그것도 그러네."

"홍모귀가 뭐예요?"

조원원이 다시 십리경에 눈을 붙이며 말했다.

"바다 건너에는 엄청나게 큰 대륙과 수많은 나라들이 있대. 거기 사는 사람들 중 체구가 거인처럼 크고 머리카락이 노을처럼 붉은 자들이 있어. 이상한 말을 하는데 얼마나 웃긴지 몰라."

"어떻게 하는데요?"

"나더러 불아보(仏兒宝)래."

"불아보? 그게 뭐예요?"

"나도 몰라. 처음 만났을 때부터 불아보, 불아보 하더니 나중엔 만나는 홍모귀 놈들마다 똑같은 소리를 하더라고."

"왜요?"

"자기들끼리 나를 그렇게 부르기로 했나 봐."

"예의가 없는 놈들이네요. 모르는 사람을 만났으면 응당 통성명부터 하고 식사는 하셨냐고 묻는 것이 도리거늘, 상대방이 이미 별호가 있을 줄 어떻게 알고 자기들 마음대로 지껄인데요."

"홍모귀들은 하나같이 예의가 없어. 술만 처먹었다 하면 발정 난 수캐마냥 아무 여자한테나 달려들어서는 지랄 법석을 떤다니까."

진자강의 뺨 위로 땀 한 방울이 또르르 흘러내렸다.

더는 듣고 있어선 안 될 것 같아 얼른 화제를 돌렸다.

"그런데 뭐가 보여요?"

"한번 볼래?"

조원원이 십리경에서 눈을 떼고 물었다.

진자강이 고개를 끄덕였다.

조원원이 십리경을 내주자 진자강은 호기심 가득한 눈으로 조원원이 했던 것처럼 십리경을 매혈방 쪽으로 겨눈 다음 눈을 붙였다. 하지만 아무리 눈을 깜박거려도 보이는 거라곤 온통 깜깜한 세상뿐이었다.

"아무것도 안 보이는데요."

"밤이니까."

진자강이 십리경에서 눈을 떼고 퀭한 얼굴로 조원원을 바라보았다.

'이 누나 뭐야?'

"앗, 누가 온다."

조원원이 목소리를 쥐어짰다.

진자강과 조원원은 범을 만난 토끼처럼 후다닥 풀숲으로 숨었다. 잠시 후 한 사람이 나타났다. 엽무백이었다. 두 사람이 다시 튀어나갔다.

"어떻게 됐어요?"

조원원이 상기된 표정으로 물었다.

엽무백이 품속에서 밀지를 꺼내 내밀었다.

밀지를 한참이나 살피던 조원원이 말했다.

"진짜가 확실해요."

조원원은 다시 엽무백을 향해 물었다.

"임호군은 어떻게 됐나요?"

"죽었소."

"망할 인간. 잘 죽였어요."

"사람들은?"

"안심하세요. 다들 안전한 곳으로 피신했으니까."

"한꺼번에 몸을 빼기가 쉽지 않았을 텐데."

"오늘 같은 날을 대비해 마련해 둔 제삼의 비처가 있어요. 지금쯤이면 호중천의 흔적까지 감쪽같이 지웠을 걸요."

"복주를 떠난 게 아니었소?"

"다른 사람들도 그렇게 생각하겠죠?"

엽무백의 반응이 재밌는지 조원원이 말갛게 웃었다.

난감한 사람들이다.

허를 찌른다는 계략은 좋으나 어쩔 수 없이 동반해야 하는 위험성을 왜 계산하지 않는단 말인가. 그러다 문득 엽무백은 적노가 처음부터 복주를 떠날 생각이 없었던 것이 아닐까 하는 생각이 들었다.

복주를 떠나지 않는 선에서 은신할 수 있는 방안을 강구했다면 모든 게 설명이 된다. 그는 왜 복주를 떠나지 않으려는 걸까? 조원원을 나무라던 것과는 달리 어쩌면 언젠가는 비선을 잇겠다는 희망 때문이 아닐까?

그 순간, 엽무백은 이상한 걸 발견했다.

조원원이 바랑을 짊어지고 있었다. 무얼 담았는지 허리까지 축 처져 있었다.

"그 복장은 뭐요?"

"저도 함께 가려고요."

"어디를?"

"금사도요."

"왜?"

"왜요?"

"뭐가 왜요?"

"왜 그런 반응을 보이죠?"

"당연하지. 난 당신을 데려갈 생각이 없으니까."

"데려가 달라는 게 아니라 함께 가겠다는 거예요."

"같은 말이오."

"다른 말이에요."

"같아."

"달라요."

조원원은 지지 않겠다는 듯 고개를 빳빳이 들고 저항했다.

엽무백은 갑자기 골치가 아파왔다.

이 철부지 아가씨는 밑도 끝도 없이 왜 따라가겠다는 건가.

진자강을 돌아보니 어깨를 으쓱하면서 '저도 몰라요'라는 표정을 지었다.

엽무백이 다시 조원원을 향해 말했다.

"번거로운 건 딱 질색이오."

노골적인 거절에 얼굴이 붉어질 만도 하건만 조원원은 그 정도는 각오했다는 듯 빙그레 미소를 지었다.

"전 오랫동안 비선에 대해 연구를 했어요. 지금은 워낙 아는 게 없으니 저의 가치를 실감하지 못하시겠지만 북주행을 하는 동안 제 도움이 필요할 때가 한두 번이 아닐 걸요."

조원원은 당당했다.

마치 네가 이래도 나를 거절할 수 있나 보자는 얼굴이다. 하지만 엽무백은 그 정도로는 턱도 없다는 듯 조원원을 빤히 보았다.

잠시 눈싸움이 이어졌다.

먼저 굴복한 쪽은 조원원이었다.

그녀가 웃음기를 거두고 말했다.

"없는 것보다는 나을 거예요."

"……?"

"자신있어요."

"……?"

"부탁이에요."

조원원이 꼬리를 척 말았다.

그녀가 도움이 될지 짐이 될지는 알 수 없다. 하지만 이번 행보가 그녀에게는 사는 동안 한 번도 겪어보지 못한 고난이 될 거라는 건 분명했다.

이 험난한 행보에 그녀는 왜 동참하려는 걸까?

도대체 무얼 위해서.

"조건이 있소."

"뭐죠?"

"귀찮게 굴지 말 것."

"……."

조원원의 눈동자가 착 가라앉았다.

명령에 무조건 복종을 하라거나 제 몸은 스스로 지키라고 할 줄 알았다. 귀찮게 굴지 말라는 건 전혀 동료로 인정하지 않는 것은 물론 혹 정도로 생각하겠다는 말의 다름 아니었다. 다정다감한 성격이 아닌 줄은 짐작했지만 뭐 이리 무례한 사람이 있나.

"알았어요."

조원원은 기어들어 가는 소리로 말했다.

"서둘러. 곧 비가 올 것 같으니까."

第四章 속고, 속이다

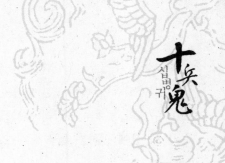

일단의 무리가 매혈방에 도착한 것은 자정이 가까울 무렵
이었다. 매혈방의 생존자들은 동료들의 주검을 수습할 겨를
도 없이 한쪽으로 물러나 외인들을 지켜보아야 했다. 외인들
은 방주 임호군을 비롯해 적지 않은 주검들을 발가벗겨 놓고
검상을 살폈다.

모욕도 이런 모욕이 없다.

하지만 누구 하나 나서서 그 점을 따지는 이가 없었다. 느
닷없이 나타나 매혈방을 점거한 사람들이 예사롭지 않았기
때문이다.

그들의 무장은 실로 위협적이었다.

말과 사람이 재질을 알 수 없는 철제 갑옷으로 온몸을 감싸고 무사의 등에는 몽골의 전사들이나 쓸 법한 대월도(大月刀)와 일 장에 달하는 돌격창이 오(乂) 자 모양으로 묶여 있었다.

그런 자들이 무려 삼백여 명이다.

그들이 지나간 곳에 아무것도 남지 않는다는 마교의 악명 높은 타격대 철갑귀마대의 등장이었다.

금적무는 좌중을 둘러보며 눈동자를 빛냈다.

매혈방이 그리 대단한 방파는 아니었지만 그래도 복건성 남동해안에서는 패자를 자처하는 곳이다. 한데 수백 명의 방도가 단 한 명을 어쩌지 못해 멸문지화나 다름없는 지경에 처했다.

이게 말이 되는 상황인가.

특히 복건성 십대고수의 일좌를 차지하는 방주 임호군의 저 처참한 주검이란…….

금적무는 저도 모르게 피가 끓어오르는 것을 느꼈다. 분노가 아니라 흥분이었다. 그는 투사였다. 투사는 쉬지 않고 싸워야 한다. 평화로운 세상보다는 환란의 시대를 살아가는 것이 더 편하고 자연스러운 사람이 그였다.

칠공자를 권좌에 올려놓고 더는 적수가 없어 무료하던 차에 이상한 놈이 튀어나와 일거리를 안겨주니 반갑지 않은가.
그는 간만에 느껴보는 흥분에 몸을 떨었다.

이놈을 어떻게 잡을까?

꽁무니를 바짝 추격하며 똥줄이 빠지도록 만들어줄까?

아니면 천라지망으로 포위한 다음 천천히 사냥을 즐길까?

놈이 이곳을 다녀간 지는 불과 한 시진에 불과했다.

인적을 피하려면 산길을 택해야 할 테고, 아이까지 대동하고 있으니 튼튼한 말을 타고 관도를 달리면 금방 따라잡을 수 있다.

그러나 한 가지 궁금한 것이 있었다.

놈은 대체 왜 이런 짓을 벌이고 다니는 걸까?

그때 죽립을 눌러쓴 일살이 다가왔다.

그가 이물질이 가득 묻은 젓가락 하나를 내밀었다.

"뭐지?"

"투골저라는 놈입니다."

"투골저?"

"놈이 지니고 다니는 십병 중 하나죠. 적게는 수십 개씩, 많게는 백여 개씩 만들어 가지고 다니는데 일단 출수를 하면 십 장 밖에 있는 상대의 두개골을 뚫고 박힐 만큼 위력적입니다. 하지만 진정 투골저가 무서운 이유는 따로 있죠."

"수급(需給)을 염려할 필요가 없겠군."

"그렇습니다. 단단한 대나무만 있으면 언제든 원하는 만큼 만들어낼 수 있죠. 아마도 놈을 추격하는 과정에서 가장 골치 아픈 장애물이 될 겁니다."

"두 자루의 검과 투골저라……. 삼병(三兵)을 손에 넣은 건가?"

"놈을 잡기가 세 배로 어려워졌습니다."

"겨우 이 정도로?"

"서두르지 않으면 곧 네 배로 어려워질 겁니다."

그때 매혈방의 무사들을 심문하던 잠룡옥이 쥘부채를 할랑할랑 부치며 한가롭게 다가왔다.

"놈이 왜 이런 일을 벌였는지 궁금하지 않으십니까?"

"뭔가 알아낸 게 있소?"

금적무가 물었다.

"놈이 방주의 품에서 대통에 담긴 모종의 유지를 가져갔다고 합니다."

"그게 뭐요?"

"저간의 사정을 종합해 볼 때 비선의 밀지가 아닐까 합니다."

"비선의 밀지?"

"임호군은 과거 비선의 인물이었죠. 그때 비선들끼리 접선을 하기 위해서는 반드시 밀마가 필요했죠. 복주의 마지막 비선이었던 임호군이 그 밀마가 적힌 밀지를 빼돌려 신교가 비선을 일망타진하는 데 적지 않은 도움을 준 일이 있습니다. 놈은 그 밀마가 필요했던 모양입니다."

"이미 사라진 비선의 밀마를 왜?"

"만리촉이라는 기루에서 먼저 방주의 아들인 혈안룡과 일차 접전이 있었다는군요. 목격자들의 진술을 토대로 미루어 보면 금사도를 찾아가는 듯합니다."

"금사도……!"

일살의 입에서 나직한 신음이 흘러나왔다.

금적무의 표정이 일순간 기묘하게 일그러졌다.

금사도가 무엇인지는 그도 잘 알고 있었다. 신교가 중원무림을 침공한 이후 확인도 되지 않고 출처도 알 수 없는 온갖 괴소문이 난무했다.

금사도에 대한 소문은 그중 하나였다.

사람의 심리란 참으로 묘하다.

존재 자체도 확실하지 않은 금사도에 대한 소문이 떠돌자 적지 않은 사람들이 기어나와 비선을 찾았다. 희망이 사라진 시대에 지푸라기라도 잡고 싶은 심정이었나 보다.

물론 비선은 일망타진되었고 금사도를 찾는 사람들은 모두 죽었다. 그 과정에서 금사도에 대한 소문은 낭설에 불과하다는 것이 밝혀졌다.

무엇보다 그런 게 있었다면 신교가 두고 볼 리가 없지 않은가. 아직도 그 허황된 소문을 믿는 사람들이 있을 줄이야.

"이해가 되지 않는군요. 아시다시피 놈이 가져간 밀마는 이미 노출되어 쓸모가 없습니다."

일살이 말했다.

"그래서 더욱 금사도로 가는 게 확실하오."

잠룡옥이 말했다.

"어째서 그렇습니까?"

"정말 모르겠소?"

"……?"

"실망이군요. 추종술의 제일 원칙은 역시사지(易地思之)로 생각하는 것이라 들었거늘."

잠룡옥이 가볍게 웃으며 말했다.

항상 입가에 미소가 걸려 있지만 저걸 진짜 웃음이라고 생각하면 안 된다. 희로애락의 감정을 좀처럼 얼굴에 드러내지 않는 사람이 있듯, 잠룡옥에게 저 미소는 자신의 감정 상태를 숨기기 위한 위장이었다. 즉, 무표정이었다.

일살은 눈살을 찌푸렸다.

새파랗게 젊은 놈이 뇌총과 만박노사의 뒷배를 믿고 너무 안하무인이지 않은가. 하지만 지금은 부딪칠 때가 아니다. 일살은 어금니를 꽉 깨물었다.

잠룡옥이 쥘부채를 부치며 말했다.

"과거 비선은 철저한 점조직으로 움직였기에 서로를 몰랐지요. 만약 아직도 비선이 존재한다면 오직 밀마를 통해서만 접촉할 수 있지요. 그러니 놈은 위험한 줄 알면서도 밀마를 손에 넣을 수밖에 없었습니다. 이제 아시겠습니까?"

"과연, 대단하오."

금적무가 감탄을 했다.

임호군의 품속에서 종이 쪼가리 하나 가져갔다는 단서만으로 이 모든 걸 추리해 낸 잠룡옥의 지혜가 금적무는 그저 놀라울 뿐이었다.

금적무가 뒤쪽의 수하를 돌아보며 물었다.

"복주의 비선은 어디와 연결되었었지?"

"항주(杭州)입니다."

"항주라……."

금적무는 생각에 잠겼다.

복주에서 항주로 가려면 전단강(錢塘江)을 건너야 한다.

놈은 어느 쪽에서 도강을 할까?

놈이 떠난 지 불과 한 시진. 서둘러 따라잡으면 놈이 선택할 수 있는 범위를 줄일 수가 있다. 항주 지단에 연락을 취해 전단강을 봉쇄케 한 다음 이쪽에선 철갑귀마대를 이끌고 추격의 고삐를 조이면 된다. 놈은 전단강을 건너기 전에 포위망에 갇히리라.

"지금 즉시 항주 지단에 전서구(伝書鳩)를 띄워라. 개미새끼 한 마리라도 전단강을 건널 시에는 단주가 목을 내놓아야 할 것이라는 말도 덧붙여라."

"존명!"

명령이 떨어지기가 무섭게 사람들이 일사불란하게 말에 올라탔다. 금적무를 필두로 삼백의 철갑귀마대가 지축을 울리며 매혈방을 빠져나갔다.

그 모습이 흡사 전장에 나가는 병단 같았다.

철갑귀마대가 모두 빠져나간 후에야 잠룡옥도 비로소 말에 올랐다. 떠나기 직전 그가 산동오살을 흘낏 돌아보며 말했다.

"아참, 오살께서는 이제 그만 신궁으로 귀환하셔서 편히 쉬십시오."

"누구 마음대로 그런 말을 하는 거외까?"

이살이 참지 못하고 불쑥 물었다.

잠룡옥은 예의 그 미소를 지으며 품속에서 동패를 꺼내 보여주었다.

뇌총의 신령패(神令牌)다.

신령패의 권위는 총주인 만박노사의 권위와도 같다.

무조건 따라야 한다.

잠룡옥은 신령패를 품속에 갈무리한 후 말을 달려 사라졌다.

산동오살은 모멸감에 수염을 바르르 떨었다.

처음 목옥에서 놈을 놓친 것에 대한 문책이다. 신교에는 허언이 없다. 실수를 하면 어떤 식으로든 반드시 책임을 져야 한다. 아마도 잠룡옥의 입김이 들어갔을 것이다.

산동오살이 분노하는 데는 이유가 따로 있었다.

잠룡옥은 남평지단으로 올 때부터 신령패를 갖고 있었다. 만박노사로부터 이번 일을 처리하는 것에 관해 전권을 받은 것이다. 자신들의 거취가 처음부터 놈의 손에 달려 있었다고 생각하니 부아가 치밀어 견딜 수가 없었다.

"잠룡옥의 위세가 하늘을 찌른다고 하더니 그 말이 사실인 모양이군. 총주께서 친히 신령패까지 주셨을 줄이야."

이살이 말했다.

"시건방지기 짝이 없는 놈입니다."

삼살이 말했다.

"없애 버리는 게 어떻겠습니까?"

사살이 말했다.

"놈을 없애는 거야 어디 일축에나 끼겠느냐만, 만박노사의 눈을 속이는 건 신교 전체를 상대로 싸우는 것만큼이나 어려운 일일 게다."

이살이 말했다.

"하지만……."

"애송이가 권력의 단맛을 보고 정신을 차리지 못하는 모양이다. 전가(伝家)의 보도(宝刀)를 손에 넣었으니 한참 휘둘러보고 싶겠지. 그냥 흘리거라. 작태를 보아하니 굳이 우리가 손에 피를 묻히지 않아도 머지않아 누군가의 손에 죽고 말 놈이다."

"알겠습니다."

"무슨 생각을 그리 골똘히 하십니까?"

이살이 일살에게 물었다.

일살은 그때까지도 장고에 잠겨 있었다.

"너무 쉬워."

"무슨……."

"마치 항주로 오라고 손짓을 하는 것 같단 말이지."

"그건 소제의 생각도 잠룡옥과 같습니다. 놈에겐 어쩔 수 없는 선택이지요."

"그랬다면 이렇게 흔적을 남기지 않았겠지. 내가 아는 놈은 그렇게 허술한 놈이 아니야. 우리가 모르는 뭔가가 있어."

일살의 본능은 보이는 게 전부가 아니라 말하고 있었다. 잠룡옥의 생각이 지극히 이성적이고 논리적인 추론에 의한 것이라면 일살은 오랜 경험에서 우러나오는 어떤 직관 같은 것이었다.

이성과 경험이 각기 다른 판단을 내렸다.

이런 경우 일살은 언제나 경험을 따랐다.

"이대로 귀환하실 생각은 아니시겠죠?"

오살이 물었다.

"물론이다."

일살이 말했다.

그제야 굳었던 사람들의 얼굴이 활짝 펴졌다.

목옥에서 지룡포질을 보지 못하고 놈을 놓친 것에 대한 실수를 만회해야 한다. 더불어 만박노사의 신뢰도 다시 찾아와야 했다. 그래야 저 시건방진 잠룡옥의 콧대를 꺾을 수 있게 아닌가.

일살은 고개를 들어 하늘을 올려다보았다.

최선의 방법은 족적을 따라 놈의 뒤를 바짝 추격하는 것이다. 그러려면 날씨가 도와줘야 한다. 북쪽 하늘에 달무리가 가득했다. 비가 올 징조였다.

비는 모든 족적을 지워 버린다.

추격자들에게는 그야말로 최악의 수.

잠룡옥도 저 관천망기를 읽었으리라.

흉수의 목적지는 분명해졌고, 비 때문에 족적을 추격할 수도 없다. 산동오살의 쓸모가 없어진 것이다.

하지만 과연 그럴까?

"가자!"

＊　　　＊　　　＊

"빌어먹을!"

금적무는 전서를 읽자마자 와락 구겼다.

복주에서 항주로 들어가려면 반드시 거쳐야 하는 관문이
전당강이다. 저 멀리 황산(黃山)에서 발원하여 수백 리 길을
굽이굽이 흐르다가 항주를 휘돌아 마침내는 동해로 빠져나가
는 전단강을 통하지 않고는 항주로 들어갈 수가 없다.

해서 항주의 지단에 연락을 취해 일차로 전단강 전역을 봉
쇄케 한 다음, 이차로 철갑귀마대가 후미에서 추격의 고삐를
죄며 달려왔다.

마침내 항주의 지단 병력과 조우한 다음에는 전단강을 한
눈에 조망할 수 있는 월륜산(月輪山) 주봉의 육화탑(六和塔)에
서 수하들이 보내오는 전서를 일일이 확인했다.

언제든 놈이 출몰했다는 소식이 들리면 곧장 달려갈 수 있
는 만반의 준비를 갖추면서. 한데 들려오는 소식은 죄다 개미
새끼 한 마리 보이지 않는다는 것이었다.

하루가 지나고 이틀이 지나자 금적무는 더는 기다리지 못

하고 지금까지의 소극적인 봉쇄에서 벗어나 수하들 일부를 쪼개어 전단강 일대를 이 잡듯이 뒤졌다.

항주 지단에서 번견 백여 마리와 함께 추종술에 일가견이 있는 전문 추적꾼 오십을 추가로 차출했다.

놈이 도강의 기회를 엿보고 있는 것이라면 어딘가에 분명 은신하고 있을 거라는 판단에서였다. 오백에 육박하는 무인, 백 마리의 번견, 그리고 오십 명의 전문 추적꾼을 동원해 전단강 일대를 뒤진 결과는 참담했다.

언제 살해당해 버려졌는지 모를 백골 두어 구, 강변 숲에 숨어 살던 도둑떼, 술 취해 쓰러진 주정뱅이들, 기생년들과 붙어먹는 화류공자들, 거지들, 심지어 오래전에 멸종된 걸로 알려진 독두꺼비 목섬(目蟾)까지 일곱 마리나 찾아냈지만 놈은 없었다.

천라지망은 완벽했다.

놈이 도강을 하지 않았다는 것은 확실하다.

한데 놈은 왜 나타나지 않는 걸까? 그제야 금적무는 무언가 잘못되었다는 것을 느꼈다.

놈의 의도는 차치하고서라도 일이 이 지경까지 된 데는 비의 영향이 결정적이었다. 첫날 내린 비가 놈의 족적이며 체취를 모두 지워 버린 탓에 추격의 끈을 놓칠 수밖에 없었다.

'이럴 줄 알았으면 산동오살을 돌려보내지 말 것을……'

산동오살은 추종술에 관한 한 말 그대로 타의 추종을 불허하는 귀신들, 그들이 있었다면 최소한 놈들이 여길 왔다 갔는지는 알아냈을 것이다. 지금도 전문 추적꾼이 오십이나 있었지만 금적무는 산동오살만큼 믿음이 가질 않았다.

"계속 전단강을 봉쇄할 거요?"

턱밑에 허연 수염을 주렁주렁 매단 초로의 노인이 물었다. 항주 지단의 단주 광시풍(狂屍風) 옥인로였다. 항주는 대륙을 통틀어 물자가 가장 풍부한 십대보역(十大 城) 중 한 곳. 그런 곳을 책임진 노장이니 무공이 높고 경륜이 풍부한 것은 자명했다.

"이제 와서 병력을 뺄 수도 없잖소."

"놈이 항주로 오지 않는다면 어쩌겠소?"

"무슨… 뜻이오?"

"만에 하나 놈의 목적지가 처음부터 항주가 아니었다면……?"

금적무의 눈동자가 착 가라앉았다.

그렇잖아도 찜찜하던 참이다.

옥인로와 같은 노강호가 그 점을 짚고 나오니 더욱 찜찜한 마음이 들었다. 만약 사실이라면 자신은 전혀 엉뚱한 곳에서 헛발질을 하고 있는 셈이 된다.

"그렇게 생각하는 근거는?"

"놈이 가지고 있는 밀지로는 항주의 비선과만 접촉을 할수 있소. 하지만 밀지를 포기한다면 굳이 항주의 비선을 고집할 필요가 없지. 과거 비선은 주요 도성 어디에나 존재했으니까."

"밀지도 없이 그들과 접촉하는 방법이 있단 말이오?"

"이미 복주에서 한 번 그렇게 했잖소."

순간 금적무는 둔기로 뒤통수를 맞는 듯한 충격을 느꼈다. 옥인로의 말이 사실이라면 지금으로서는 놈이 어디로 향했는지 짐작조차 할 수 없다. 놈이 스스로 모습을 드러내기 전에는 추격할 수도 없다. 완벽하게 증발해 버린 것이다.

'당했군.'

참담한 마음을 금할 수가 없었다.

천하의 철갑귀마대주인 자신이 이토록 허망하게 당할 줄이야.

"잠룡옥은 어디에 있나?"

금적무가 수하들을 사납게 돌아보며 물었다.

때마침 잠룡옥이 걸어오고 있었다.

기생오라비 같은 얼굴로 백의 장삼을 쫙 빼입고 쥘부채를 할랑할랑 부치며 오는 것이 작금의 상황을 전혀 개의치 않는 듯한 모습이었다.

"이게 어떻게 된 일이오?"

"아무래도 우리가 헛다리를 짚은 것 같습니다."

"우리가 아니라 당신이겠지."

"말씀이 과하시군요."

"이번 일을 실패하면 과한 건 말만이 아닐 거외다."

"도둑은 잠시 다녀가지만 지키는 사람들은 밤을 새워야 한다는 말이 있죠. 일을 하다 보면 예상치 못한 일도 있는 법이외다."

"지자는 세 치 혀로 위기를 모면하는지 모르겠지만 우리 같은 무인들은 칼로 그 책임을 지고 또 묻소. 귀하는 내 말을 새겨들어야 할 것이외다."

금적무의 시퍼런 서슬에 잠룡옥은 등에서 식은땀이 흘렀다. 폭급한 성정의 소유자인 탓에 다소 무식한 듯 보이지만 금적무는 결코 간단치 않은 인물이었다. 그는 한다면 반드시 하는 사람이었다.

"새겨듣겠소."

"그리고 한 가지 더, 난 아무래도 우리가 놈에 대해 뭔가를 놓치고 있는 듯한 느낌을 지울 수가 없소. 뇌총에서 놈에 대해 아는 건 그게 전부요?"

"무슨 말씀이신지……."

"총주께서 직접 나서지 않은 건 이해가 되오. 하지만 고작 한 놈 잡자고 이 금적무를, 철갑귀마대 삼백을 동원한 건 이해할 수 없단 말인지. 혹 내게 숨기는 게 있지 않소?"

"그럴 리가요. 총주께서 제게 말씀하지 않으신 것이 있다면 모를까, 제가 대주께 말씀드리지 않은 건 없소이다. 이건 믿어도 좋소이다."

"믿겠소. 지금은 분열할 때가 아니라 힘을 합쳐야 할 때니까. 하지만 만에 하나 나를 배제한 채 뭔가 일을 꾸미고 있다면 그 책임을 묻는 건 귀하의 선에서 그치지 않을 것이오."

경우에 따라선 뇌총과의 충돌도 불사하겠다는 뜻이다. 일개 대주가 감히 신교의 두뇌라 할 수 있는 뇌총을 두고 이런 말을 할 수는 없다. 그 즉시 사지분시를 당해도 할 말이 없다.

하지만 철갑귀마대는 다르다.

그들은 신교를 대표하는 최강의 전투 집단이자 교주가 지닌 가장 강한 힘이었다. 그리고 금적무는 그 누구에게도 직언을 서슴지 않은 강골의 무인이었다.

"염려 마시오. 놈이 어디로 갔을지는 짐작하고 있으니까."

"어디로 갔는지가 중요한 게 아니라, 놈을 잡는 게 중요한 거외다. 아직도 모르시겠소?"

"그것 또한 염려 마십시오. 이번에는 절대로 놈을 놓치는 일이 없을 테니."

말과 함께 잠룡옥이 고개를 꺾어 하늘을 올려다보았다. 새

파란 하늘을 배경으로 까만 점 하나가 배회하고 있었다.

한데 그 높이가 예사롭지 않았다.

하늘 아래 저토록 높은 곳까지 비상할 수 있는 새는 단 하나밖에 없다.

"천응(天鷹)……!"

"복주를 떠날 당시 만약의 경우를 대비해 천망(天網)에 급보를 보내 도움을 요청했지요. 반경 십 리를 한꺼번에 조망할 수 있는 영조(靈鳥)가 우리를 안내해 줄 것입니다."

                    *   *   *

전단강 너머 육화탑이 바라보이는 항주 쪽 강변에 대여섯 명의 나졸(邏卒)이 커다란 가마솥을 걸어놓고 무언가를 신나게 끓여대고 있었다. 그중 하나, 강 너머 나루터와 주변을 유심히 살피던 나졸이 말했다.

"병력을 모두 빼는데요?"

솥단지 주위에 둘러앉아 있던 나졸들이 일제히 고개를 꺾어 강 건너를 바라보았다. 과연 나루터를 중심으로 해서 구석구석에 매복해 있던 마교의 무사들이 썰물처럼 빠져나가고 있었다.

"박았다가 뺐다가 지랄 법석을 떠는구만."

불을 지피던 매부리코가 말했다.

"한 번밖에 안 했는데요."

막대기로 솥을 젓던 단신의 사내가 말했다.

"한 번이든 두 번이든 그게 무슨 상관이야."

"그건 아니죠. 지랄 법석을 떤다는 말 속에는 같은 일을 쓸데없이 반복한다는 뜻이 담겨 있으니 지금 같은 경우엔 맞지가 않죠."

"놈들이 몇 번을 빼고 박든 네가 무슨 상관이야?"

"지금 그 말씀도 앞뒤가 맞질 않죠. 전 곽 형님의 말씀에 문제가 있다고 했지 그들이 병력을 몇 번을 빼고 박는지를 말하는 게 아니⋯⋯."

빡!

"악!"

단신의 사내가 솥을 젓다 말고 고꾸라졌다. 매부리코가 뒤통수를 갈겨 버린 것이다. 매부리코는 그래도 부아가 가시지 않는지 콧김을 펑펑 뿜으며 말했다.

"새끼가 오냐오냐했더니 선배를 아주 물로 보네."

"그래도 아닌 건 아니⋯⋯."

"이게 확!"

매부리코의 서슬에 신참 나졸도 더는 찍소리를 못했다. 그는 슬그머니 일어나서는 국자로 국물을 떠서 맛보던 육순의

늙은이에게 물었다.

"포두님, 소금 더 칠깝쇼?"

"됐어. 딱 좋아."

"전단강을 봉쇄한 걸로 보아 누군가 항주로 들어오는 걸 막으려고 한 모양인데, 대체 어떤 자들이기에 저 정도의 병력을 동원한 걸까요?"

강 건너를 살피던 나졸이 포두에게 물었다.

"낸들 알겠어."

"혹시 구대문파의 생존자가 아닐까요?"

그 순간 모두의 시선이 그를 향했다.

"그렇잖습니까. 구대문파 급이 아니라면 마교 놈들을 저렇게 바짝 긴장하게 만들 수 없죠. 한마디 더 보태자면 구대문파 중에서도 최소한 장로급 정도는 되어야 지금의 상황이 타당성 있다고 봅니다만……."

관부에 몸담은 사람들인지라 무림의 사정에 대해서는 잘 모른다. 다만 주위들은 얘기에 따르자면 마교가 무림을 일통하고 난 후 구대문파의 제자들은 씨가 말랐다고 한다.

중원무림에 산개했던 수천, 수만 개의 방파들과 달리 구대문파는 그 위상이 각별했다. 때문에 마교는 구대문파의 생존자들을 발견하는 즉시 그 자리에서 쳐 죽였다.

그들이 구대문파의 제자들을 죽여 없애는 것은 첫 번째, 중원무림인들의 사기를 꺾기 위함이고 두 번째, 만에 하나 있을지도 모르는 저항 세력이 그들을 중심으로 뭉치는 것을 미연에 방지하기 위함이었다.

그 세월이 십여 년, 아직도 구대문파의 제자들이 남아 있을리 없다. 혹 생존자가 있다고 하더라도 심산에 꼭꼭 숨어도모자랄 판에 무모하게 항주로 들어올 이유가 없다.

"알 게 뭐야. 왕오는 왜 아직도 소식이 없어?"

포두 손옥광이 강변 아래쪽을 향해 목을 죽 빼고 말했다. 그 순간 저 멀리서 어린 나졸 하나가 맹렬한 속도로 달려오고 있었다. 나졸이 맹렬하게 달려봐야 그 속도는 뻔한 것이고, 거기다 바닥이 온통 자갈 천지라 달려오는 와중에도 그는 몇 번이나 발을 접질러 넘어졌다.

"어휴, 어쩌다 저런 게 들어와 가지고."

손옥광이 한숨을 푹푹 쉬며 수하들의 눈치를 살폈다. 지금달려오는 나졸은 한 달 전에 새로 들어온 자인데 젊은 놈이도무지 빠릿빠릿한 맛이 없었다. 없는 자리까지 만들어서 꽂아준 손옥광으로서는 수하들 볼 면목이 없었다.

이윽고 어린 나졸이 지척에 도착했다.

"놈들이 오고 있어요."

"몇 명이냐?"

"한 열여덟… 아홉… 스무 명쯤요?"

"그게 뭐야?"

"놈들이 자꾸 움직여서 제대로 셀 수가 없었어요."

"말 타고 가는 놈들이 움직이지 그럼, 너보고 대가리 세라고 멈춰주리? 어휴, 이거 당숙의 부탁만 아니면 확 잘라 버리는 건데."

"죄송합니다."

젊은 나졸이 뒤통수를 벅벅 긁었다.

"됐고, 깨워."

손옥광이 턱짓으로 나무 밑을 가리켰다.

매부리코가 초립으로 얼굴을 가린 채 널브러져 자고 있는 나졸을 향해 득달같이 달려갔다. 주변엔 술병이 어지럽게 널려 있었다.

"이보게, 이보게."

나졸이 슬그머니 초립을 걷고 매부리코를 바라보았다. 서른 살이나 되었을까? 푸른색 관복을 입고 포승과 방망이를 허리춤에 매단 것은 여타의 나졸들과 다를 바가 없었다.

하지만 그에게는 다른 나졸들에게서 볼 수 없는 것이 있었다. 육 척 장신을 둘러싼 탄탄한 근육과 우귀사신(牛鬼蛇神)을 연상케 하는 흉악한 인상, 여차하면 몽둥이부터 뽑아 들 것 같은 사나운 눈동자가 그것이었다.

"뭐요?"

사내가 입술을 씰룩여 코밑에 붙은 파리를 쫓으며 말했다.

"놈들이 나타났네."

"놈들 누구?"

"이 사람이 지금 정신이 있나 없나. 우리가 뭣 때문에 여기에 와 있는지 몰라서 그런 소리를 해?"

"개 끓여 먹으러 온 거 아니었소."

"이 친구 정말 미치고 팔짝 뛸 소릴 하고 있네."

"아, 몰라, 몰라. 오면 얘기하쇼."

사내가 말과 함께 다시 초립을 푹 뒤집어썼다.

그때쯤엔 멀리서 말발굽 소리가 들리기 시작했다. 놈들이 근처까지 온 것이다. 지켜보는 나졸들은 속이 탔지만 아무도 자빠져 자는 사내를 나무라는 사람이 없었다.

그가 나졸이 된 것은 사오 년 전의 일이다.

그때도 포두 손옥광이 꽂아주었고, 이후 계속 자신의 아래에 두었다. 그가 나졸이 되기 전에는 어디에서 무얼 하던 작자인지 아는 사람이 없었다. 홍표라는 이름도 아마 진짜가 아닐 것이다.

유일하게 아는 사람이 있다면 손옥광일 텐데, 그는 저 사내에 대해 입을 여는 법이 없었다. 뿐만 아니라 다른 사람들에게 나졸 노릇이나마 해먹고 싶으면 주둥아리 함부로 놀리지 말라고 입단속까지 시켰다.

하지만 나졸들이 입을 다무는 것은 손옥광의 엄포 때문이 아니었다. 저 사내로 인해 나졸들은 돈푼깨나 쏠쏠하게 만지고 있었다.

사정은 이러했다.

길 가던 사람 잡으면 호패에 쓰인 이름이나 더듬더듬 읽을 줄 아는 나졸들은 제아무리 공을 세우고 뇌물질을 해도 높은 자리로 올라가는 데는 한계가 있다.

몸으로 때우는 것과 장부를 보는 것은 일의 성격이 다르기 때문이다. 손옥광이 그렇게 많은 좀도둑을 잡고도 단지 무식하다는 이유로 십 년째 포두 노릇을 하고 있는 걸 보면 여실히 알 수 있다.

반면 속칭 대포두라 불리는 순검(巡檢)이나 추관(推官) 등의 식자층은 나름 연줄도 있고 뇌물로 쓸 돈도 충분히 있다. 한낱 나졸도 뒷돈을 챙기는 세상인데 순검, 추관이 축재한 재물은 얼마나 많을 것인가.

이처럼 한자리 오를 수 있는 만반의 준비를 갖춘 중간급 벼슬아치들이 도화선으로 쓰는 게 바로 공(功)이다. 순검이 추관 자리를 꿰차려면 도적떼 정도는 잡아줘야 하고, 추관이 통판 자리에 앉으려면 양민들을 공포에 떨게 만드는 살인마 정도는 잡아야 한다.

하지만 순검이나 추관이 그런 위험한 일을 할 리 없잖은가.

그래서 손옥광이 나졸들을 이끌고 그 일을 대신해 준 다음 보고를 올릴 때는 순검이나 추관의 공으로 살짝 바꿔치기하는 것이다. 물론 그 대가로 손옥광 일당은 적지 않은 돈을 받는다.

쉽게 말해 공을 팔고 돈을 버는 것이다.

오늘 전단강변에서 반나절을 죽치고 앉아 있는 것도 흉성을 떨치는 마적단 하나가 이곳으로 지나간다는 첩보를 입수했기 때문이다.

"일을 끝나면 내 요릿집에서 제대로 한턱 냄세."

똥줄이 탄 손옥광이 말했다.

손가락으로 초립을 살짝 올린 홍표가 뱁새눈을 뜨고 말했다.

"거짓말."

"진짜일세."

"실컷 먹으라고 해놓고 또 '난 만두' 이러려고?"

"그래도 꾸역꾸역 불도장(仏跳墙)을 시키는 놈이 누구더라?"

"그마저도 점소이에게 시켜 안 파는 척하라고 했지."

"그, 그건……."

"쪼잔한 인간."

"내 저놈을 그냥……!"

손옥광이 발작적으로 튀어나가려고 했다.

하지만 아무도 말리는 사람이 없었다.

말발굽 소리는 이제 점점 커져 금방이라도 놈들이 튀어나올 것 같았다. 손옥광이 혀로 입술을 핥으며 말했다.

"오늘은 기루로 가서 술독에 빠뜨려 주겠네."

"거짓말이면?"

"내가 니 애비다."

"진짜지?"

'저런 멍청한 놈!'

곁에서 지켜보던 사람들은 얼떨떨했다.

'네가 내 애비다'와 '내가 니 애비다'를 혼동하다니. 이래서 홍표는 손옥광을 절대로 이길 수가 없다. 아무래도 오늘도 손옥광의 돈으로 거하게 먹는 건 물 건너간 것 같았다.

"빨리 따고 기생년들 허벅지나 만지러 가자고."

"홍학루에 새로 온 애가 있다던데……."

"알았어, 알았어."

"그렇다면야."

홍표가 초립을 벗어 던지고 발딱 일어났다.

포승과 함께 엉덩이에 매달려 있던 대곤(大棍) 두 자루가 자발머리없이 흔들렸다. 매부리코 사내의 보고가 빠르게 이어졌다.

"십여 년 전부터 강남 일대를 떠돌며 살인, 방화, 약탈을 일삼던 마적단일세. 몇 년 전부터는 산중 깊은 골짜기에 숨어 있는 정도무림의 생존자들을 잡아다 팔아먹는다고 하더군. 이름은 흑사단. 인원은 스무 명 남짓이고 두령인 옥면검이라는 놈은 한 자루 기형검을 귀신같이 쓰는데……."

매부리코의 뒷말은 말발굽 소리에 묻혀 더는 들리지 않았다. 잠시 후, 굴곡진 강변의 모퉁이로부터 일단의 기마대가 지축을 울리며 나타났다. 숫자는 신참내기 나졸이 보고한 대로 스무 명가량이었다. 등에는 하나같이 대도를 둘러멨는데 전신에서 풍기는 흉성이 여간 섬뜩하지 않았다.

흑사단이었다.

第五章

철곤(鐵棍)을 휘두르는 포쾌

정도무림의 생존자들을 사냥해 현상금을 받고 마교에 팔아먹는 인간 사냥꾼들. 나졸들은 몰랐지만 엽무백이 바로 저 자들에게 잡혀 황벽도로 팔려간 일이 있었다.

"워!"

선두에 선 자가 고삐를 잡아당기며 한 손을 들자 뒤를 따르던 이십여 필의 말이 거리를 두고 일제히 멈춰 섰다.

나졸들과의 거리는 십여 장. 선두에 선 자는 문사풍의 청건을 쓴 미공자였는데 양안에서 흘러나오는 한기가 무척이나 음험한 인상을 주었다.

아마도 그가 옥면검일 것이다.

"무슨 일이오?"

옥면검이 물었다.

"왜? 나졸이 수상한 놈들 막아서는 거 처음 봐?"

홍표가 대뜸 물었다.

나졸들이 여기저기서 피식피식 실소를 터뜨렸다.

옥면검은 인상을 차갑게 굳혔다.

육 척 장신에 근육으로 뒤덮인 몸뚱어리, 마적들보다 더 마적같이 생긴 얼굴, 그리고 폭급함이 그대로 드러나는 눈동자. 한눈에 봐도 타고난 역사다.

이런 놈이 왜 갑자기 길을 막아섰을까?

복장으로 보아 관아의 나졸들이라는 건 알겠다. 동창의 제독을 비롯해 황실의 절반이 마교의 인물들로 채워진 후 황권이 유명무실해진 지 오래다.

하지만 나라의 기반인 관과 군은 여전히 건재했고, 그들과 상대로 싸우는 것은 그에게도 썩 내키는 일은 아니었다.

때문에 옥면검은 일단 적당히 응대해 주기로 했다. 물론 감당할 수 없는 요구를 해온다면 모두 죽여 버리고 흔적을 없애 버릴 작정이었지만.

"용건이 무엇이오?"

"어디 갔다 오는 길이야?"

"형제들과 항주를 구경하고 돌아가는 길이외다."

"구경은 무슨, 분탕지게 놀다가 돌아가는 거겠지. 어떻게, 땀 좀 시원하게들 흘리셨나?"

"저런 호로……!"

마적 하나가 눈알을 부라리며 나서려다 옥면검의 제지를 받고 물러섰다. 옥면검은 품속에서 전낭 하나를 꺼내 던져주었다. 나졸들이 술값이 궁한 모양, 아무래도 자신들이 누구인지 모르고 막아선 모양인데 몇 푼 쥐여주고 조용히 떠날 생각이었다.

홍표는 발치에 떨어진 전낭을 주워 품속에 슬그머니 집어넣은 후 대뜸 물었다.

"네가 옥면검이냐?"

'우연한 만남이 아니다.'

옥면검이 눈썹을 치떴다.

좌중이 찬물을 끼얹은 듯 고요해졌다.

뭔가 심상치 않은 일이 일어나고 있음을 직감한 마적들이 너도나도 도파를 잡아갔다.

옥면검은 눈앞에 선 젊은 나졸을 다시 한 번 자세히 살폈다. 불콰하게 취한 얼굴, 불균형한 자갈 탓에 갸우뚱한 자세, 축 늘어진 어깨, 풀어져 나풀거리는 소맷자락, 반쯤 엉킨 포승, 엉덩이에 매달려 대롱거리는 두 자루 대곤.

어디로 보나 싸울 의지라곤 눈곱만큼도 없어 보였다. 하지만 그런 것들로는 설명할 수 없는 무엇인가가 있었다.

'완벽하다.'

빈틈이 없었다.

어딜 어떻게 공격하더라도 저 몽둥이가 자신을 두들겨 올 것이라는 느낌을 지울 수가 없었다.

'이제야 그걸 발견하다니!'

옥면검은 일생일대의 대적을 만났음을 직감적으로 알 수 있었다.

"어느 고인께서 왕림하신 거외까?"

옥면검은 일단 상대의 내력부터 알아야 한다고 생각했다. 하지만 홍표는 새끼손가락으로 귀를 후벼 파더니 고개를 꺾어 어느새 수하들과 함께 저만치 달아나 바위 뒤에 숨어 있는 손옥광에게 물었다.

"어느 정도로 해야 하오?"

"팔다리를 부러뜨려 놓으면 제일 좋지. 힘들면 죽여도 어쩔 수 없는 거고. 혹시 탈옥을 해서 복수를 하려 들지 모르니 두목만큼은 병신을 만들어놓는 걸 잊지 말아야 하네."

"애써보죠."

홍표는 척 돌아서더니 별안간 허리춤에서 맨질맨질 광택이 나는 두 자루 곤을 뽑아 들었다. 그리고 이르기를.

"광택(光澤)이, 오랜만에 살맛 좀 볼까?"

말이 끝나는 순간 홍표는 빛살로 사라져 버렸다.

그의 신형이 다시 나타난 것은 적진 한가운데, 그것도 일장 높이의 허공이었다. 시커먼 궤적과 함께 두 자루 방망이가 말 탄 마적들의 머리통 위에서 난사되었다.

뻐뻐뻐뻐뻐뻑!

둔탁한 타골성이 요란하게 울렸다.

눈 깜짝할 사이에 선두의 마적 대여섯 명이 살 맞은 새처럼 말에서 떨어졌다. 자갈밭에 박히는 머리통에서는 피가 흥건하게 흘러나왔다.

죽었는지 정신을 잃은 건지 알 수가 없었다.

놀란 말들이 앞발을 치켜들며 울부짖었고, 대도를 뽑아 든 후미의 마적들이 홍표를 향해 반격을 시작했다. 그들 사이를 홍표가 다시 누볐다.

까강깡깡!

칼과 방망이가 부딪치는데 불꽃이 튀었다.

그제야 마적들은 나졸이 든 방망이가 평범한 목곤이 아닌 철곤이라는 걸 깨달았다. 압도적인 무력에 쇠몽둥이라는 중병까지 앞세운 홍표를 막아설 수 있는 자는 없었다.

강변은 순식간에 난장판이 되어버렸다.

쌍방의 무력이 비슷하다고 가정했을 때 이런 경우 손해를 보는 쪽은 숫자가 많은 쪽이었다. 숫자가 많은 쪽은 적을 찾아내 죽여야 하는 반면, 숫자가 적은 쪽은 적진에 뛰어들어 닥치는 대로 패고 두들기면 되기 때문이다.

지금이 그랬다.

홍표는 개떼 속에 뛰어든 범처럼 적진을 종횡무진 휘저으며 어깨며 몸통을 닥치는 대로 두들겼다. 그는 더 이상 나졸일 수 없었다. 오히려 무림고수의 모습이라고 보는 것이 옳았다.

쇠몽둥이를 든 한 명의 나졸이 대도를 든 마적 스무 명을 발라 버리는 데는 채 일각도 걸리지 않았다. 마적들로서는 그야말로 날벼락을 맞은 상황. 머리통이 터지거나 팔다리가 부러진 채로 널브러진 마적들은 작금의 상황을 이해할 수가 없었다. 그들은 곳곳에서 피와 신음을 흘려댔다.

승기가 확실히 기울었다고 판단한 손옥광 일행은 바위 뒤에서 뛰어나와 놀라 도망가는 말들을 잡으러 다닌답시고 난리법석을 떨었다.

"한 마리도 놓치면 안 돼! 저거 다 돈이야!"

손옥광이 소리치지 않아도 대여섯 명의 나졸은 미친 듯이 강변을 달리고 있었다.

홍표는 한 사람과 마주하고 섰다.

가랑잎처럼 요상한 기형검을 뽑아 든 옥면검은 초주검이

된 수하들을 둘러보며 침통한 표정을 지었다. 좀처럼 희로애락의 감정을 드러내지 않는 그였지만 지금 이 순간까지 평정을 유지할 수는 없었다.

"당신은 누군가?"

홍표는 일언반구도 없이 훅 다가왔다.

퍽! 소리와 함께 옥면검은 허벅지에 화끈한 불 맛을 느끼며 한쪽 무릎을 꿇었다. 뒤늦게 휘두른 검은 헛되이 허공을 가를 뿐이었다. 눈 깜짝할 사이에 몽둥이가 날아와 허벅지를 부러뜨리고 돌아간 것이다.

옥면검은 피가 거꾸로 치솟는 것 같았다.

자신이 놈의 상대가 되지 않는다는 건 알고 있었다. 놈을 처음 본 순간 자신의 목숨을 앗아갈 상대가 드디어 나타났다는 것도 직감적으로 느꼈다.

하지만, 하지만 이런 식은 아니었다.

어떻게 단 일 초를 휘둘러 볼 기회도 없단 말인가!

"대체 왜……."

그 순간 홍표의 방망이가 불을 뿜었다.

퍽퍽퍽퍽퍽퍽!

연이은 몽둥이질에 옥면검은 바닥에 주저앉은 채 피를 한 줌이나 토해냈다. 팔은 기형적으로 뒤틀렸고, 양쪽 어깨는 절굿공이에라도 맞은 것처럼 폭삭 주저앉은 지 오래였다.

손에는 아직도 검이 쥐어져 있었지만 손목이 부러진 지금 아무짝에도 쓸모없는 물건일 뿐이었다.

도대체 누구인가.

이토록 빠른 곤술을 구사하는 자는.

게다가 살짝만 스쳐도 뼈를 뚝뚝 부러뜨리는 이 말도 안 되는 육중함이란. 그 순간 옥면검의 눈에 이상한 것이 보였다.

놈이 아래로 늘어뜨린 두 자루 곤의 끄트머리가 매끄럽지 않은 것이다. 마치 원래 하나였던 것을 똑 부러뜨려 두 개로 만든 것처럼.

'제미곤(濟眉棍)!'

바닥에 세우면 눈썹 밑에 이른다고 해서 제미곤이다. 대략 다섯 자쯤 되는데 그 이상의 길이가 되면 그때부턴 봉으로 분류한다. 옥면검이 놀란 것은 제미곤이라는 이름에서 무림에서 떠도는 말 한 가지가 떠올랐기 때문이다.

─제미곤에는 곤의 모든 것이 들어가 있으니 소림의 곤술은 제미곤으로 시작해 제미곤으로 끝난다.

"후후, 소림의 제자를 만날 줄이야……. 쿨럭."

옥면검이 다시 피를 한 바가지나 토해냈다.

마적들은 고통에 울부짖느라 옥면검의 말을 듣지 못했고,

손옥광 일당은 달아난 말들을 잡으러 다니느라 역시 듣지 못했다.

옥면검은 이제야 지금의 상황이 받아들여졌다. 엄청난 근육은 차치하고서라도 정수리가 고봉밥처럼 솟은 것으로 내공 또한 예사롭지 않은 무승이 분명했다.

태산북두 소림의 정종 공부로 정수리를 저만큼 키우려면 얼마나 뼈를 깎는 수련을 했을 것인가. 그저 재수가 없었다고 밖에는 달리 할 말이 없었다.

"너도 무인이라면 포청에 끌려가 곤장 따위에 맞아 죽는 수모를 당하고 싶진 않겠지?"

홍표가 물었다.

지금까지의 장난스러운 분위기는 온데간데없고 진중하고 묵직한 고수가 그 자리에 있었다.

"원하는 게 무엇이오?"

"대체 무슨 일이 벌어지고 있는 게냐?"

이틀 전부터 마교도들이 전단강을 봉쇄하다가 오늘 아침에서야 병력을 철수했다는 걸 옥면검은 알고 있었다. 아마도 그걸 두고 묻는 말일 게다.

"느닷없이 나타난 살인마 때문이오."

"자세히."

"보름 전쯤 정체를 알 수 없는 살인마 하나가 황벽도를 피로 물들이고 도주했소. 살아남은 사람은 없었소. 장주 백악기와 백발호는 물론 황벽장의 무사 일흔두 명이 몰살을 당했지. 그로부터 열흘쯤 뒤에는 복주의 매혈방이 피로 물들었소. 방주 임호군과 그의 아들 혈안룡, 사신왕이 죽었고, 그 외 매혈방의 무사 백여 명이 죽거나 병신이 되었소."

홍표의 눈매가 가늘게 좁혀졌다.

그는 옥면검의 말이 잘 이해가 되질 않았다. 황벽도라면 마교의 십대 자금원 중 한 곳인데 당금무림에 감히 누가 있어서 그곳을 피로 물들이고 탈출한단 말인가.

게다가 매혈방의 혈사는 또 무슨 얘긴가.

방주 임호군과 사신왕은 복건에서도 손꼽히는 절정의 무사들. 그들과 수하 일백을 죽이고 달아났다고? 이쯤 되면 마교와 전쟁을 벌이겠다는 것인데…….

"그게 단 한 사람의 솜씨라고?"

"그렇소."

"그가 항주로 오고 있었나?"

"오늘 아침까지만 해도 그렇게 판단한 모양이오."

"왜?"

"비선을 만나기 위해서지."

"비선이 아직도 남아 있었나?"

"놈은 그렇게 믿었던 모양이오."

"비선은 왜 만나려 했지?"

"소문에는 놈이 금사도를 찾아가는 중이라고 하오."

"……!"

옥면검과 대화를 시작한 후 가장 놀랐다.

금사도에 대한 소문이 돈 지는 오래되었다. 하지만 그건 정마대전이 발발하고 난 이후 돌기 시작한 수천 가지의 확인되지 않은 괴소문 중 하나일 뿐이다. 아직도 그 소문을 믿는 자가 있을 줄이야.

"이제 죽여주시오."

옥면검이 말했다.

제미곤이 옥면검의 측두부를 강타했다. 퍽! 소리와 함께 옥면검의 상체가 고꾸라졌다.

절명이었다.

약속한 대로 깨끗한 죽음.

"아미타불……. 내세에는 좋은 사람으로 태어나게."

홍표는 마인들이 사라진 전단강 너머를 바라보았다. 그때쯤엔 말을 모두 한 곳으로 모은 손옥광 일당이 쓰러져 뒹구는 마적들 사이를 누비며 전낭을 털었다.

말도 손에 넣고, 전낭도 털고, 포상금은 포상금대로 받고. 한마디로 탈탈 털어먹겠다는 수작인데 이러니 옥면검이 쥐여주는 몇 문에 혹할 리가 없었다.

잠시 후, 손옥광을 비롯해 약탈을 끝낸 나졸들이 홍표의 곁으로 모여들었다.

"자네 몫일세."

손옥광이 홍표에게 은전 한 꾸러미를 내밀었다.

하지만 홍표는 그때까지도 전단강 너머를 응시하고 있었다. 마치 저 너머에 무언가 중요한 것이라도 두고 온 사람처럼.

"술 마시러 가야지."

손옥광이 거듭 불러서야 홍표는 돌아섰다.

하지만 반응은 손옥광이 생각했던 것과 달랐다.

"딴 사람들 하고 가시우."

홍표가 나졸의 증표랄 수 있는 포승과 가죽 허리띠를 풀어 손옥광의 손에 쥐여주고 돌아섰다.

손옥광이 홍표의 손을 덥석 잡아 포승과 허리띠를 다시 돌려주며 말했다.

"내가 순의방(順義幇)의 당두라는 알고 있겠지? 내 비록 만년 포두이나 자네 한 사람쯤 없어도 있는 것처럼 꾸미는 건 일도 아닐세. 가져가게. 움직이는 데 도움이 될 걸세."

항주와 같은 부(府)급의 도시를 다스리는 최고 권력자는 지부대인(知府大人)이라 불리는 정사품의 벼슬이었다. 그 아래 지부대인을 견제, 보필하는, 사실은 한통속이 되어 백성의 고혈을 빼는 동지(同知), 통판(通判), 추관(推官), 순검(巡檢) 등속의 벼슬아치들이 있었다.

이 중 속칭 대포두라 불리는 순검이 포두와 포쾌, 정용 등을 통솔하며 도시의 치안을 책임졌다. 순검은 간부와 나졸의 경계라고 할 수 있었다.

순의방은 관아의 가장 하층계급인 포쾌들의 생업방회였다. 하지만 동시에 민초의 삶과 가장 가깝게 만나는 자들이었다. 세상 밑바닥에서 일어나는 모든 일을 꿰뚫고 조율하는 자들, 그 힘은 결코 작지 않았다.

순의방이 힘을 합치면 벼슬아치 하나 자리에서 끌어내리는 건 일도 아니었다. 희생을 각호하고 독하게 마음먹으면 동지나 통판까지도 한 방에 보내 버릴 수 있다. 포쾌 백 명이 입을 맞추면 없는 죄도 만들어 뒤집어씌울 수 있기 때문이다.

오죽하면 지부대인 자리는 나라에서 내리지만 그 외 관아의 벼슬아치는 포쾌들이 만든다는 말이 나올까. 어수선한 시절의 여파는 관아라고 해서 비켜가지 않았다.

어쨌거나 손옥광의 말은 이런 사정을 배경으로 하고 있었다. 손옥광은 이어 수하들이 잡아온 말 한 필을 끌어 홍표의 손에 쥐여주며 말했다.

"강변을 따라 십 리 정도 올라가면 삼탄(參灘)이라는 얕은 강물이 나온다네. 마적 놈들도 거기를 통해 전단강을 건널 작정이었을 게야."

"진작 좀 이렇게 나오시지."

"거참, 마지막까지……."

"그동안 정말 고마웠소."

홍표의 목소리가 전에 없이 부드러워졌다.

손옥광은 글썽이는 눈으로 고개를 끄덕여 주었다. 진심으로 무운을 빌어주고 있는 것이다. 홍표는 말에 훌쩍 올라타고는 쏜살같이 사라졌다. 그가 저만큼 멀어지자 손옥광이 갑자기 '악!' 소리를 내며 휘청거렸다.

"포두님, 왜 그러십니까?"

단신의 사내가 황급히 손옥광을 부축하며 물었다.

"갈비뼈가 부러진 것 같으이."

"예에?"

"너무 걱정 말게. 집에 가서 며칠 정양하면 나아지겠지, 뭐. 아무래도 기루는 자네들끼리 가야겠네."

나졸들이 입맛을 쓰게 다셨다.

예상했던 대로 오늘도 기루에 가기는 다 틀렸다.

*　　　*　　　*

비는 족적을 감추기도 하지만 남기기도 한다.

비가 내린 시간은 놈이 복주를 떠나던 날 밤 하루. 놈은 그 시간을 헛되이 보내지 않기 위해 쉬지 않고 달렸을 것이다.

그 거리를 일살은 최대 오십 리로 보았다.

혼자라면 지금쯤 장강을 넘고도 남았겠지만 놈에겐 혹이 하나 있었다. 거기에 사람의 이목을 피해야 하니 험한 산길이라는 제약이 붙는다. 구불구불한 산길 오십 리는 일직선으로 이십 리에 불과하다.

일살은 이십 리 밖에서부터 사람이 갈 수 있는 길, 하지만 인적은 없고 산의 굴곡도 낮아 같은 노력으로 좀 더 많이 갈 수 있는 길 네 곳을 골라 수하들을 보냈다.

그중 하나가 적중했다.

비가 그치고 난 후 진흙탕이 된 산길에 선명한 발자국이 찍히기 시작한 것이다. 이래서 비는 족적을 감추기도 하지만 동시에 남기기도 한다.

한데 뭔가 이상했다.

진흙탕엔 놈과 아이 외에도 정체를 알 수 없는 족적이 하나 더 있었다.

'여자?'

작고 오종종하면서도 발끝이 깊게 파인 것이 분명 무공을 익힌 여자의 족적이다. 복주에 올 때까지만 놈은 열세 살가량의 사내아이 하나를 대동했다. 그런데 복주를 벗어나면서 여자가 한 명 늘어났다. 이유는 쉽게 추측이 가능했다.

"비선이 가세했군."

일살은 발자국이 향하고 있는 숲으로 시선을 던졌다.

예상대로 놈은 항주로 향하고 있지 않았다.

'도대체 무슨 속셈이냐?'

*　　　*　　　*

엽무백은 길도 없는 산길을 달리고 또 달렸다.

그는 몸을 푸는 것처럼 가볍게 달렸지만 조원원과 진자강은 몸이 땀으로 흠뻑 젖도록 전력을 쏟아야 겨우 보조를 맞출 수 있었다.

그게 며칠이나 이어졌다.

휴식 시간은 하루에 딱 한 시진. 그 안에 먹고 자고 싸는 모든 일을 다 해결해야 했다. 그렇게 달린 지 꼬박 사흘째다. 첫날 하룻밤은 비가 내려 흐르는 땀을 그나마 식혀주었지만, 나머지 이틀 동안은 지옥이나 다름없었다.

조원원은 미치고 팔짝 뛸 지경이었다.

처음 동행을 하게 된 그녀로서는 동료들의 체력을 안배하지 않는 엽무백의 저 무식하고 독단적인 행동이 이해가 되지 않았다. 자신은 그렇다 쳐도 내공이 전혀 없는 진자강은 그야말로 악으로 깡으로 겨우 버티는 중이었다.

보다 못해 한마디 할까도 생각해 보았지만 '귀찮게 굴면 당장 돌려보내겠다'는 엽무백의 엄포를 기억해 내고는 꾹 참았다.

'무도한 인간.'

물론 행여나 있을지 모르는 추격자 때문이라는 걸 안다. 따르는 입장인 자신과 달리 이끄는 입장인 엽무백은 그 책임감이 막중할 거라는 것도 안다.

하지만 사흘이나 지나지 않았는가.

이제는 좀 쉬어도 되지 않는가.

새벽 숲은 뿌연 습막(濕幕)으로 가득 찼다.

엽무백은 수막을 뚫고 산릉으로 짐작되는 곳을 반 사진째 달리고 있었다. 일절 말을 해주는 법이 없으니 조원원은 이곳이 산릉인지 구릉인지, 심지어 어디로 가는지조차 알 길이 없었다.

그러다 어느 순간 엽무백이 걸음을 멈추고 하늘을 올려다보았다. 정확히 말하면 그의 앞에 버티고 선 교목의 꼭대기였다.

갑자기 엽무백이 등치를 타고 교목을 오르기 시작했다. 조원원과 진자강은 고개를 꺾어 흡사 평지를 달리듯 무서운 속도로 사라지는 엽무백의 엉덩이를 지켜보았다.

"헉헉! 도대체 저게 무슨 수법일까요?"

진자강이 물었다.

"학학! 나도 몰라."

조원원이 말했다.

이제는 놀랍지도 않다.

지난 사흘 동안 엽무백은 이따금씩 이처럼 높은 교목으로 올라가 무언가를 살폈다. 교목이 나타나지 않을 때는 산봉으로, 절벽으로, 높은 곳이라면 가리지 않고 올랐다.

그때마다 보여준 놀라운 몸놀림은 입이 쩍 벌어지게 만들었다. 벽호공도 아닌 것이, 경공도 아닌 것이 수직으로 솟은 절벽과 교목을 수평으로 달릴 때는 사람인지 요괴인지도 분간이 안 갈 정도였다. 세상에 알려지지 않은 어떤 이종의 무공을 익힌 게 분명했다.

'도대체 어디서 저런 괴물이 튀어나온 거지?'

잠시 후, 엽무백이 지면으로 뚝 떨어졌다.

"뭐가 좀 보이나요?"

조원원이 물었다.

엽무백이 물끄러미 조원원을 바라보았다.

상기된 얼굴, 이마에 착 달라붙은 머리카락, 축축하게 젖은 옷자락이 숨을 내쉴 때마다 훅훅 내뿜는 입김과 어울려 그간의 고생을 짐작케 했다.

지금쯤 진기가 바닥났으리라.

"달릴 수 있겠어?"

"물론이죠."

"더 달리면 죽을 것 같다고 이마에 쓰여 있는데?"

"솔직히 말해도 돼요?"

"아니. 끝까지 참아."

엽무백이 언젠가부터 하대를 하고 있다는 것도 모른 채 조원원은 그저 자신의 말이 묵살당한 것에 분통이 터졌다.

"넌?"

엽무백이 진자강을 돌아보며 물었다.

조원원의 실수를 지켜본 진자강은 기다렸다는 듯이 불만을 쏟아냈다.

"심장이 터질 것 같아요. 조금만 쉬었다 가면 안 될까요? 며칠 동안 씻지 못했더니 몸에서 썩은 내도 나고 발가락도 죄다 물집이 터진 게 아주 죽겠어요."

"이것들이 빠져가지고."

"이것들… 이라뇨?"

조원원은 뒤늦게 자신을 대하는 엽무백의 말투가 달라졌음을 깨달았다.

"뭐가?"

"어어, 점점."

"내가 편하게 대하는 게 불만인가?"

그 순간 조원원의 머릿속에 번개처럼 스치는 생각이 있었다. 이참에 귀찮게 굴면 언제든지 쫓아버릴 수도 있는 동행에서 생사고락을 함께하는 동료의 관계로 확실히 굳히는 거다.

'잘 걸렸다.'

조원원은 입술에 침을 바르고 암계를 펼쳤다.

"대충 보기에도 그쪽이 저보다 늙었고, 생사고락까지 함께하게 된 처지에 말투를 가지고 굳이 따질 생각은 없어요. 하지만 그쪽이 예의를 아는 사람이라면 최소한 숙녀에게 동의는 구했어야 하는 것 아닌가요?"

"생사고락을 함께하게 된 처지?"

"그것도 아니면서 하대를 할 생각이었나요?"

"그게 걱정이었어? 내가 동료로 인정해 주지 않을까 봐?"

"……!"

엽무백은 피식피식 웃더니 말했다.

"귀찮게 굴지 말라는 건 사고를 치지 말라는 뜻이야. 당신이 사고를 치면 수습할 사람이 나밖에 없잖아. 난 뒤처리하는 거 딱 질색이거든. 그러니 서로 짐이 되지 않도록 조심하자고."

'내가 무슨 사고를 친다고…….'

조원원은 자신을 어린애 다루듯 하는 엽무백의 어법이 섭

섭했다. 하지만 한편으로는 고마웠다. 말이야 어찌 되었든 간에 자신이 사고를 치면 수습을 해주겠다는 뜻이 아닌가. 겉은 비정해 보여도 속은 따뜻한 사람이란 생각이 들었다.

엽무백이 진자강을 돌아보며 말했다.

"골짜기를 따라 내려가면 계곡이 있어. 거기서 발이라도 담그고 있어."

"아저씨는요?"

"금방 갈 거야."

第六章

산동오살의 죽음

十兵鬼
십병귀

추종술은 고대의 사냥꾼들이 동물을 추적하는 것에서부터 그 역사가 시작되었다. 추종술 역시 무공의 한 가지라고 가정했을 때 세상에서 가장 오래된 무공인 셈이다.

산동오살은 자타가 공인하는 천하제일의 추종술자들이었다. 그들은 달리면서 수십 가지의 표지를 읽고, 수백 가지의 추론을 한다.

족적을 살피고, 냄새를 맡고, 나뭇가지가 꺾인 각도를 헤아려 상대가 가는 방향을 살피는 것은 너무나 기초적인 것들이어서 추종술이라고 할 수도 없다.

대신 산동오살은 그런 것들로 추격하는 대상의 심리를 읽었다. 어지럽게 찍힌 발자국, 이리저리 뒤집어진 나뭇잎, 나무를 타고 오른 자국……. 놈들은 너무나 태연하게 숲을 달리고 있었다.

"시간은?"

일살이 물었다.

"일각을 넘지 않았습니다."

높다랗게 솟은 교목의 둥치 아래에 쌓인 껍질을 살피던 이살이 말했다. 놈은 여기서 교목을 타고 오른 다음 사방의 지형을 살핀 모양이었다. 길도 없는 산속을 온종일 달렸으니 방향을 가늠하기 위해서라도 높은 곳으로 오를 수밖에.

일각이면 이제 코앞이다.

사흘 만에 마침내 놈을 따라잡은 것이다.

그 순간, 산동오살은 누가 먼저랄 것도 없이 표정을 굳히고 기감을 활짝 열었다. 바람결에 어떤 인위적인 소리가 미세하게 들려왔기 때문이다.

무언가 물속으로 떨어지는 소리, 첨벙대는 소리, 여자와 아이가 웃고 떠드는 소리가 쉬지 않고 이어졌다.

소리의 진원은 골짜기 아래의 계곡, 태평한 인간들이 저승사자가 온 줄도 모르고 물장구를 치며 노는 모양이다.

"전혀 눈치를 못 채고 있는데요."

이살이 말했다.

일살은 가볍게 고개를 끄덕였다.

그럴 수밖에 없다.

놈은 지금쯤 추격자들이 모두 항주로 갔을 거라고 생각할 것이다. 모든 정황이 다른 걸 떠올릴 수 없을 만큼 확실하고 분명해 자신들조차도 발자국을 발견하지 못했더라면 결국 잠룡옥의 판단이 옳았다고 생각했을 것이다.

"지금부터는 이 장의 거리를 두고 잠행한다. 알다시피 놈은 우리의 아래가 아니다. 암습이 아니면 승부를 장담하기 어려운 초절정의 고수, 놈에게 먼저 기척을 들키는 날엔 죽을 각오를 해야 한다."

대답 대신 가벼운 목례가 돌아왔다.

다섯 명의 살수는 족적을 따라 바람처럼 미끄러져 갔다. 잠시 후 산릉에서 산면으로 접어들자 하늘을 향해 뻗은 교목 숲이 나타났다.

숲 속은 어둡고 조용했다.

계곡이 가까워질수록 여자와 아이의 물장구치는 소리도 점점 선명해졌다. 하지만 아직은 고도로 발달된 청각을 지닌 사람들만 들을 수 있는 미세한 음향에 불과했다.

이물의 침입을 감지한 못한 풀벌레들이 계속해서 울어댔다. 풀벌레들조차 속일 정도로 은밀한 잠행을 한 지 한참, 갑자기 선두의 일살이 걸음을 멈췄다.

"무슨 일입니까?"

이살이 모기만 한 소리로 속삭였다.

일살은 대답 대신 고개를 들어 하늘을 살폈다.

그물처럼 우거진 나뭇가지들 사이로 파란 하늘이 보였다. 바람 소리가 시원하게 들렸다. 그 어떤 이상 징후도 느껴지지 않았다. 이상 징후는 외계가 아닌 일살의 몸 안에서 일어났다. 세포가 위험하다는 걸 경고하고 있었다.

'놈이 왔다!'

스르릉!

등허리에 매여 있던 귀두도가 천천히 뽑혔다.

차가워진 일살의 신색에서 놈이 왔음을 직감한 사람들이 뒤를 이어 칼을 뽑았다. 맑고 작은 쇳소리가 연이어 흘렀다.

검신이 모습을 드러냈다.

두꺼비 껍질을 태운 연기에 쐬어 빛을 죽인 칼은 기습을 할 때 상대가 알아차리지 못하도록 하기 위해 만든 암도였다.

한데 검을 뽑는 소리가 네 번밖에 들리지 않았다. 누가 먼저랄 것도 없이 고개를 꺾어 뒤를 돌아보았다. 십여 장 뒤쪽 나뭇가지에 흑의 인영 하나가 목을 졸린 채 대롱대롱 매달려 있었다.

'도대체 언제!'

"모두 자리를 지켜!"

다급한 목소리가 숲을 갈랐다.

네 명의 살수가 선 자리에서 칼을 꼬나 쥐고 사방을 살폈다. 놈은 나뭇가지 위에서 기다리다가 가장 뒤에서 걸어오던 오살을 노끈으로 목 졸라 죽인 게 분명했다.

한데 왜 버둥거리는 소리조차 들리지 않았을까?

혈도다.

목 뒤의 경추를 짚어 사지를 마비시킴과 동시에 목을 졸라 나뭇가지에 매달아 버리면 그 어떤 기척도 나지 않지 않으리라.

일살은 눈썹을 가늘게 떨었다.

무서운 놈이다.

불과 십여 장의 거리에서 절정의 살수 네 명의 기감을 속이고 살인을 하다니…….

"언제까지 귀신놀음을 할 텐가?"

일살이 숲을 향해 서늘한 음성을 흘렸다.

바람 소리만 파도처럼 들릴 뿐 그 어떤 대답도 돌아오지 않았다. 그 순간 머릿속에서 이살의 전음이 울렸다.

[흩어지는 게 어떻겠습니까?]

은신술을 펼쳐 모습을 감추고 싸우자는 뜻이다.

서로가 서로를 볼 수 없는 상황에서 기감만으로 상대를 찾아 죽이는 자객전.

하지만 그건 모험이었다.

놈의 은신술이 어느 정도 수준인지 모르는 상태에서 흩어지게 되면 놈에게 마음 놓고 살인을 할 기회를 주게 된다. 놈이 원하는 게 바로 그것이다.

"불가하다."

일살은 전음을 사용하지 않고 말했다.

지금의 상황을 놈 역시 짐작할 터. 놈에게 흩어질 의사가 없음을 명확히 해두기 위함이었다. 과연 반응이 왔다.

쉐애액!

귀청을 찢는 파공성과 함께 네 개의 암기가 날아들었다. 네 자루의 칼이 대기를 가른 것도 동시였다.

따다다당!

흡사 비도를 쳐낸 것과 같은 금속성이 울렸다.

"좌방 삼 장 밖 나무 위!"

네 명의 살수는 암기가 날아온 방향을 향해 빛살처럼 신형을 쏘았다.

파파파곽!

네 자루의 칼이 사방으로 포위한 채 교목을 삽시간에 난도질했다. 종잇장처럼 찢긴 나뭇가지들과 나뭇잎이 사방으로 떨어지고 흩날렸지만 놈은 종적조차 찾을 수 없었다. 연기처럼 증발해 버린 것이다.

"넷째!"

찢어지는 목소리에 일살과 이살이 동시에 고개를 꺾었다. 흩날리는 나뭇잎 아래에서 사살이 두 눈을 부릅뜬 채 죽어 있었다. 이마에는 젓가락 굵기의 대나무 작대기가 깊숙하게 꽂혀 있었다. 교목을 난도질할 때 저걸 던져 사살의 이마에 박아 넣은 모양이다.

이제 남은 사람은 세 명.

일살의 분노는 하늘을 찌를 듯했다.

"빌어먹을 자식! 비겁하게 숨어 있지 말고 나와서 당당히 겨루자!"

다음은 자신의 차례라는 생각 때문일까?

삼살이 머리 위 우거진 나뭇가지들을 쓸어보며 발작적으로 외쳤다. 그 순간, 무언가 흐릿한 형체가 세 사람 사이를 벼락처럼 스쳐 갔다.

세 사람이 의문의 형체를 향해 질풍처럼 칼을 휘둘렀다. 하지만 헛되이 허공만 베었을 뿐이다. 반대편 수풀이 미세하게 흔들리면서 형체의 궤적이 어떠했는지를 보여주었다.

그야말로 찰나의 순간에 벌어진 일.

그리고,

"커헉!"

삼살이 피를 토하며 무릎을 꿇었다.

목에서 검붉은 실선이 급속도로 굵고 선명해지더니 피가 분수처럼 뿜어져 나왔다. 삼살은 무릎을 꿇는 동작 그대로 앞으로 고꾸라졌다. 즉사였다.

남은 사람은 이제 두 명.

일살과 이살은 아연실색해질 수밖에 없었다.

흐릿한 형체가 지나가는 순간 놈이라는 건 짐작했다. 하지만 지척에 두고도 배지 못할뿐더러 그 형체조차 똑바로 보지 못했다.

상상도 할 수 없는 신법에 귀신과도 같은 수법이다. 두 사람은 비로소 자신들이 누구를 건드렸는지 깨달았다. 인정할 수밖에 없었다. 놈은 무공으로도, 살수의 비기로도 자신들과는 비교도 할 수 없는 절대 강자였다.

'실수다.'

일살은 허망했다.

저런 괴물을 잡겠다고 신궁에서부터 추격해 온 것이 부끄러웠다. 철갑귀마대와 헤어져 따로 추격을 시작한 것 또한 부끄러웠다. 놈의 족적을 발견하는 순간 잠룡옥을 어리석다고 비웃었는데, 정작 어리석은 것은 자신들이었다.

추적과 암살에 관한 한 천하제일을 자부한다는 산동오살이 이름 모를 산중에서 이처럼 개죽음을 당할 줄 누가 상상이

나 했겠는가. 그것도 자신들이 가장 자신있는 방식으로.

"그만 모습을 드러내는 게 어떤가?"

일살이 말했다.

좀 전과 달리 훨씬 차분해진 음성이었다.

그때 놈이 모습을 드러냈다.

오 장 밖 나뭇가지에 두 다리를 늘어뜨리고 앉아 자신들을 노려보고 있었다. 마치 처음부터 그 자리에 있었던 것처럼.

그가 말했다.

"산동오살, 맞지?"

"십병귀가… 이렇게 생겼군."

"제법인걸. 그것까지 알아내다니."

"원하는 게 뭔가?"

"웃긴 놈들이네. 뒤를 밟은 건 너희잖아."

"발자국을 남긴 건 우리를 유인하기 위해서였나?"

"반신반의했지. 제법이더군."

일살과 이살은 모욕감에 온몸을 떨었다.

제법이라니……

천하의 산동오살에게 제법이라니, 그것도 추종술로.

"처음 목옥에서 우리를 보고 도망간 것은……"

"지룡포질 때문이었어. 덕분에 네놈들만 운 좋게 목숨을 건지나 했는데, 이렇게 만난 거 보면 결국 내 손에 죽을 운명이었던 거야. 그렇지?"

두 사람은 부끄러움에 얼굴이 벌게졌다.

일살은 마음을 다잡고 물었다.

"오래전부터 명성은 듣고 있었다. 한 번쯤 꼭 만나고 싶었지. 마지막으로 진검 승부를 하고 싶은데 허락해 주겠나?"

일살은 허락이라는 표현을 썼다.

상대는 자신의 실력으로는 측량조차 할 수 없는 고수. 그가 허락하지 않으면 진검 승부는 꿈도 꿀 수 없었다.

"감당할 수 있겠어?"

"어쩔 수 없잖나."

"그럼 그러든지."

일살은 한 발을 뒤로 빼는 한편 몸을 옆으로 돌리고 검을 머리 위에서 수평으로 들었다. 여타의 검법들과는 달리 사뭇 공격적이고 도발적인 기수식이었다. 동시에 이살에게 은밀히 전음을 날렸다.

[싸움이 벌어지면 즉시 달아나라. 반드시 살아 돌아가 형제들의 복수를 해다오.]

이살은 항변을 하고 싶었지만 그럴 수 없었다. 이미 대형인 일살은 목숨을 걸었다. 옥신각신하다가 놈이 눈치를 채기라도 하면 애써 벌어준 시간을 헛되게 만들 수도 있었다.

"고공도(高空刀)? 관산귀옹(貫山鬼翁)의 후예였나?"

엽무백이 물었다.

일살은 기가 막혀 말이 나오지 않을 지경이었다. 관산귀옹은 삼십여 년 전 혼자서 무림맹 총단으로 잠입해 화산, 무당, 청성 출신의 장로 세 명을 도륙하고 사라진 전설적인 살수였다.

고공도는 관산귀옹이 평생을 익혀 대성한 무적의 살수검으로 아직까지 세상에 모습을 드러낸 바가 없는 비기였다.

한데 놈이 어찌 고공도를 알아본단 말인가.

"떠나라!"

말과 함께 일살의 신형이 사라졌다.

가히 빛살과 같은 속도로 날아간 일살의 칼이 엽무백을 둘로 쪼갰다. 하지만 그가 쪼갠 것은 엽무백의 잔영일 뿐, 실체는 이미 허공으로 솟구치고 있었다.

일살은 엽무백을 대신해 잘려 나간 나뭇가지를 박차고 오르며 천중(天中)을 향해 칼을 쭉 뻗었다. 엽무백은 뒷걸음질로 교목의 둥치를 타고 오르는 한편, 아래를 향해 쉴 새 없이 좌검을 휘둘렀다.

까라라랑!

검과 칼이 난상으로 얽히며 요란한 금속성이 울렸다. 고공도는 그 이름에서도 짐작할 수 있듯 체공 상태에서 최적의 효과를 발휘할 수 있는 도법이다. 상대를 향해 숨 쉴 틈도 없이 몰아붙이는 소나기 도초와 체공을 가능케 하는 독특한 보법에는 제공(制空)의 이치가 고스란히 담겨 있다.

도법 자체로는 무적이라고 할 수 없지만, 일단 지면에서 떠오르게 되면 천하에 당할 자가 없다. 대들보에 숨어 있다가 벼락처럼 떨어져 내리며 상대의 심장을 난도질하는 고공도는 모든 살수 비기들의 정화라고 할 수 있었다.

그러려면 반드시 상대보다 높은 위치를 점해야 한다. 한데 엽무백은 위치의 역전을 허용하지 않았다. 검과 칼이 부딪치는 순간의 반동력을 이용해 교목을 타고 오르면서 끝까지 위치를 고수했다. 순식간에 교목의 꼭대기까지 올라서서야 일살은 겨우 엽무백과 동등한 위치에 놓일 수 있었다.

낭창낭창한 나뭇가지에 서서 두 사람은 서로를 노려보았다. 지금부터는 간발의 차이가 승부를 가를 수도 있는 상황. 일살은 모든 정신을 엽무백에게 집중했다.

그때 어디선가 바람이 불어와 나뭇가지를 흔들어댔다. 순간, 내력의 차이가 선명하게 드러났다. 엽무백은 검을 아래로 늘어뜨린 채 태연하게 서 있는 반면 일살은 나뭇가지를 따라 쉴 새 없이 흔들렸다.

"고공도는 제공의 무학, 바람조차 다스리지 못하면서 어찌 관산귀옹의 후학을 자처할까. 지금까지 목이 붙어 있는 것이 용하군."

엽무백이 조소를 보내긴 했지만, 사실 새나 앉을 만한 나뭇가지에 인간이 이렇게 서 있다는 것부터가 말도 안 되는 일이었다.

때문에 일살의 공부가 결코 낮다고 할 수 없었다. 다만 엽무백이 중력을 무시한 이적을 펼쳤기에 상대적으로 일살의 무공이 초라해 보일 뿐.

"도대체… 너는 누구냐?"

"누군지도 모르고 죽이려 했어?"

말과 함께 엽무백의 신형이 사라졌다.

그 순간 일살의 신형이 허공으로 일 장이나 솟구쳤다. 눈 깜짝할 사이에 엽무백의 머리 위에 서게 된 일살은 필생의 공력을 담은 일도를 내려쳤다.

부아악!

대기가 찢겨 나가며 시퍼런 검기가 엽무백의 신형을 정확히 두 쪽으로 갈랐다. 하지만 피가 터지고 내장이 흘러내려야 할 그의 신형은 흐릿한 잔영으로 흩어졌을 뿐이다.

나뭇가지에 아슬아슬하게 착지한 일살은 재빨리 사방을 살폈다. 없다. 분명히 있어야 할 엽무백의 모습이 그 어디에도 보이질 않았다.

그 순간 일살은 등 뒤로부터 무언가 뜨거운 두 개의 기운이 들어와 살과 내장을 가르고 옆구리로 빠져나가는 것을 느졌다.

　뒤에서 떨어져 내린 엽무백이 두 자루 검으로 일살의 등을 갈라 버린 것이다. 등이 쪼개지며 피가 사방으로 솟구쳤다. 이어 일살의 시체가 십여 장 아래로 곤두박질치며 요란한 소리를 냈다.

　쿵 하는 소리와 함께 소란이 끊어졌다.

　일살의 시체가 마침내 바닥과 닿은 것이다.

　"애석하군. 이렇게 만나지 않았다면 술이라도 기울일 수 있었을 것을."

　쌩.

　파공성과 함께 엽무백의 신형이 사라졌다.

　잠시 후, 산릉에 도착한 엽무백은 사방을 조망했다. 시커먼 그림자 하나가 백여 장 밖의 들판을 가로질러 달리는 것이 보였다. 일살이 죽음으로써 시간을 버는 동안 도주한 이살이었다.

　"멀리도 갔군."

　엽무백은 근처에서 어린아이 팔뚝 굵기의 곧게 뻗은 나뭇가지를 꺾어 적당한 길이로 잘라냈다. 그걸 다시 구부리고 휘어 일시적이나마 완벽한 직선의 장대를 만든 다음 끄트머리를 빠르게 깎았다.

　이어 정강이 속에 숨겨두었던 창두를 풀어 장대의 끄트머

리에 끼워 맞추자 눈 깜짝할 사이에 일 장에 달하는 장창이
탄생했다.

기마병들이나 쓸 법한 돌격창과도 같은 길이.

그때쯤 이살은 들판 너머 뿌연 안갯속으로 작은 점이 되어
사라지고 있었다. 족히 삼백 장은 될 법한 거리. 엽무백은 내
력을 담아 장창을 힘껏 던졌다.

생나무로 만든 육중한 장창이 파공성을 흘리며 비행했다.
바람과 달리는 속도, 공기의 저항까지 계산해 삼백여 장 밖의
적을 쓰러뜨리는 것은 결코 쉬운 일이 아니다.

결정적으로 상대가 무인이라면 불가능한 일이라고 단언할
수 있다. 화살과 창은 원거리의 적에게 타격을 주기 위한 병
기이지만, 그 상대가 무인이라면 파공성을 듣고 충분히 피할
수 있는 시간적 여유가 있기 때문이다.

하지만 정말로 불가능할까?

만약 활과 창으로는 원거리의 무인을 죽일 수 없다면 궁
왕(弓王)이니 궁귀(弓鬼)이니 하는 자들은 등장하지 않았을 것
이다. 창이 오로지 백병전의 용도로만 쓰였다면 그 옛날 신창
양가(神槍楊家)는 무림오대세가의 당당한 한 축을 차지하지
못했으리라.

"움바라 요무요무 아라혼!"

엽무백에게서 의미를 알 수 없는 소리가 자불자불 흘러나

왔다. 순간, 이백여 장을 날아가 포물선의 정점에 이른 창이 갑자기 무서운 속도로 떨어지기 시작했다. 비행의 잔력에 수십 근에 달하는 무게까지 더해져 비정상적인 가속도가 붙은 장창은 눈 깜짝할 사이에 이살의 등을 노렸다.

파공성을 느낀 이살이 벼락처럼 돌아서는 순간, 동시에 칼을 뽑아 질풍처럼 휘두르려는 순간, 장창은 정확히 이미 그의 심장을 관통한 다음 바닥에 사선으로 박혀 버렸다.

한순간 허공에 피가 뿌려졌다.

이살의 신형은 장창에 뚫린 채로 십여 장이나 구르고 미끄러진 다음에야 겨우 멈췄다. 그가 굴러간 궤적을 따라 기다란 핏자국이 생겨났다.

"농부들이 보면 놀라겠군."

엽무백은 산면을 바람처럼 달려 내려갔다.

창을 회수하기 위해서였다.

투창은 다 좋은데 이게 귀찮다.

엽무백이 도착했을 때 진자강과 조원원은 계곡 속을 뛰어다니며 무언가를 열심히 잡고 있었다. 조원원이 작대기로 돌을 들추면 진자강이 손을 쑤셔 무언가를 연신 끄집어내는 식이었다.

"여긴 완전히 가재 소굴인데요."

진자강이 바위 밑을 조몰락거리며 말했다.

"가재가 녹림도니? 소굴을 만들게?"

"앗, 큰놈을 하나 놓쳤어요."

"저리로 도망간다!"

조원원이 빽 소리를 지르더니 첨벙첨벙 뛰어갔다. 무릎까지 걸어 올린 바짓단 아래로 하얀 종아리가 드러났다. 잠시 후, 커다란 바위 앞에 도착한 그녀는 작대기로 밑을 맹렬하게 쑤셔댔다. 흙탕물이 퐁퐁 솟아나왔다.

뒤늦게 도착한 진자강이 흐려진 물 사이로 두 손을 집어넣어 또 한참을 꼼지락거렸다.

"잡았어? 잡았어?"

"잠깐만요."

이윽고 녀석이 손을 뺐을 때는 발가락 굵기의 가재 한 마리가 잡혀 나왔다.

"이게 가재야, 괴물이야?"

"한 십 년은 묵은 놈 같은데?"

"가재가 십 년이나 살아요?"

"백 년 묵은 독사도 있는데 십 년 묵은 가재라고 없으란 법 있어?"

"그럼 이게 영물이라고요?"

"알 게 뭐야. 우린 배만 채우면 되지."

"그건 그렇죠. 큭큭큭."

"큭큭큭."

진자강은 그렇다고 쳐도 조원원까지 뭐가 그리 좋은지 배를 잡고 낄낄거렸다. 멀쩡하게 생긴 여자가 저러고 노는 모습을 보고 있자니 엽무백은 어이가 없었다.

'저것들, 바보 아냐?'

잠시 후 모닥불 위에서 가재가 익어갔다.

세 사람은 사이좋게 둘러앉아 누가 먼저랄 것도 없이 가재를 까먹기 시작했다.

"내공은 얼마나 쌓았어?"

엽무백이 물었다.

"반갑자 정도요."

조원원이 가재를 대가리째 오도독 오도독 씹으며 말했다.

"한데 그건 왜요?"

"삼백여 년 전 청산인(靑山人)이라는 사람이 있었어. 권각은 신통치 못했고 검술은 어디 가서 욕은 먹지 않는 수준이었어. 하지만 그는 당당히 천하십대고수의 일좌를 차지했지. 하늘 아래 가장 빠른 두 다리를 지녔기 때문이야."

"해월루(海月樓)……!"

진자강의 입술을 비집고 나지막한 신음이 흘러나왔다. 지난날 정도무림의 생존자들과 함께 화전민촌에 살던 당시 진자강은 강호의 온갖 기인이사들에 대한 얘기를 들었다. 청산인과 해월루에 대한 얘기도 그때 들었다.

천하십대고수의 일좌를 차지하고 해월루라는 문파를 세웠지만 천하의 누구도 문도조차 본 적 없다는 신비의 문파. 갑자기 그 얘기가 왜 나오는 걸까?

진자강은 조용히 고개를 돌려 조원원을 바라보았다. 그녀는 반쯤 베어 문 가재를 든 채 석상처럼 굳어버렸다. 눈동자에선 격랑이 일고 있었다.

"그걸 어떻게……."

조원원의 입술을 비집고 신음 같은 한마디가 흘러나왔다. 해월루의 무공은 극히 은밀하여 흔적을 남기지 않는다. 행동, 족적, 체형 어디에서도 해월루의 무공 특성은 남지 않는다. 도대체 어떻게 알았을까?

"해월루에 유성하(流星下)라는 경신 공부가 있지? 유성하, 말 그대로 유성이 떨어진다는 건데, 단지 과장을 하기 위해 그렇게 이름 지었을까?"

조원원이 눈을 동그랗게 떴다.

십수 년간 죽어라고 유성하를 익혔지만 그 이름의 유래에 대해서는 깊이 생각한 적 없다. 도마뱀이 절벽을 타고 오르는 모양을 보고 누군가가 벽호공(壁虎功)을 창안한 것처럼, 해월루의 개파조사인 청산인이 밤하늘에서 유성이 떨어지는 걸 보고 문득 깨우치는 바가 있지 않았을까 막연히 짐작했을 뿐이다.

하지만 엽무백의 어투를 보아하니 그는 유성하라는 이름에 대해 뭔가 사연이 있다는 걸 아는 것 같았다.

"당연히 아니야. 유성이 떨어질 땐 빠르고 은밀하지. 하지만 실제 유성이 비행한 거리는 대륙을 가로지르고도 남아. 여기에 해답이 있어. 타 문파의 경공들은 하체가 상체를 밀어내면서 탄력을 얻어. 하지만 유성하는 상체를 던지고 하체가 꼬리처럼 따라가."

"말도 안 돼!"

조원원이 저도 모르게 큰 소리를 냈다.

엽무백의 말이 사실이라면 자신은 지금까지 거꾸로 배웠다는 말이 된다.

하지만 한편으로는 뭔가 이상한 점도 있었다. 해월루의 무공을 익히기 위해 지금까지 쏟아부은 땀이 연못 하나를 채우고도 남을 거다.

그런데 권각술과 병기술은 일취월장하는 데 반해 해월루 무학의 뼈대요 정수라 할 수 있는 유성하만큼 유독 제자리걸음이었다. 지금까지는 유성하가 워낙 난해한 공부이기 때문이라고 생각했다.

"상리를 벗어난 무공이지. 말이 안 되는 건데 청산인은 말아 되게 만들었어. 그리고 십대고수가 되었지. 그 이유가 뭐라고 생각해?"

"……?"

조원원은 귀를 활짝 열고 경청할 수밖에 없었다. 엽무백의 질문은 너무나 포괄적이어서 자신의 식견으로는 대답할 수가 없었다. 또한 엽무백은 대답을 바라고 물은 게 아니라는 느낌이 들었다.

"상리(常理)는 보편타당하여 누구나 당연히 그러한 것으로 받아들이는 걸 말해. 곧 인간의 폭이지. 청산인은 그 너머에 있는 미지의 영역을 봤어. 그리고 지금껏 누구도 얻지 못한 미증유의 힘을 발견했지."

"마… 공!"

조원원은 사색이 되었다.

어찌 아니 그렇겠는가. 평생을 익힌 무공이 그토록 혐오해 마지 않는 마공이라는데. 온몸의 솜털이 곤두서고 정신이 아득해지는 것 같았다.

"거짓말 말아요!"

조원원이 벌떡 일어나며 소리를 질렀다.

진자강도 놀라 손을 바들바들 떨었다.

엽무백은 태연히 말했다.

"앞서 가지 마."

"네……?"

"쯧쯧쯧. 기껏 설명해 줬더니 엉뚱한 소리나 하고 앉았어. 유성하가 마공이었으면 그 옛날 중원무림인들이 해월루를 그냥 뒀을 것 같아? 꽤 똑똑하다고 생각했는데 어떨 때 보면 바보 같아."

"뭐가 그렇게 복잡해요!"

잠시나마 놀란 마음이 억울했는지 조원원이 빽 소리를 질렀다.

"됐고, 이거나 잘 봐."

말과 함께 엽무백이 나뭇잎 하나를 주워 흐르는 계곡물에 던졌다. 낙엽이 물살을 타고 빠른 속도로 떠내려갔다. 아래에서는 물고기 떼가 바깥에서 일어나는 일 따위는 아랑곳하지 않고 유유히 헤엄치고 있었다.

"저 물고기들은 왜 떠내려가지 않을까?"

"그야 쉴 새 없이 헤엄을 치기 때문이죠."

"정말 그럴까?"

"당연하죠. 생각해 보세요. 지느러미를 계속 흔들어대지 않고서야 흐르는 물에서 버틸 재간이 없잖아요."

"그게 상리라고 믿는 함정이야. 선입관에서 깨어나지 못하면 유성하를 대성할 수 없어."

"무슨 그런 말도 안 되는⋯⋯."

조원원은 말꼬리를 흐리며 계곡으로 고개를 돌렸다. 곁에서 듣고 있던 진자강도 가재를 먹다 말고 눈이 빠져라 계곡을 살폈다.

당연하게도 대부분의 물고기는 물살에 떠내려가지 않기 위해 꼬리를 흔들고 있었다. 하지만 꼬리의 움직임이 두 사람이 예측했던 것보다 훨씬 미약한 건 사실이었다.

그건 또 그럴 수 있을 것 같았다.

물속에 적응해서 장구한 세월을 살아온 존재이니 작은 몸짓 하나로도 큰 폭의 추진력을 얻을 수도 있지 않겠는가.

하지만 이상한 게 있었다.

계곡을 노려본 지 불과 반 각 만에 진자강과 조원원은 그것을 찾아냈다. 몇 마리가 엽무백의 말처럼 정말로 지느러미를 흔들지 않고 있었다. 나뭇잎이 떠내려가는 속도로 보아 물살의 흐름이 제법 빠른데도 불구하고 물고기는 허공에 부유하듯 태연히 좌우를 오가고 있었다.

"말도 안 돼!"

진자강과 조원원의 눈이 동시에 툭 튀어나왔다.

"와류(渦流) 때문이야. 위에서부터 흘러온 물이 삼각형의 대가리에 부딪혀 방향을 바꾸는 순간 가슴 아래에서 작은 소용돌이와 함께 역류가 일어나. 물고기의 가슴지느러미는 바로 그 역류를 고스란히 이용할 수 있도록 만들어졌지."

"맙소사."

"대기의 공기는 물살과 같아. 사람의 어깨에 저항을 받으면 겨드랑이 아래에서 와류가 일어나. 그 힘을 이용할 줄 알아야 해. 작은 힘이지만 달리는 중에 그 힘이 가해지면 결과는 엄청나지. 한 줌의 내력으로도 몇 날 며칠을 쉬지 않고 달릴 수 있어."

"그 정도까지……!"

"그 정도로 놀라면 안 되지. 청산인이 도망만 다녔다면 십대고수의 반열에 들었겠어? 유성하는 광속을 추구하는 무학. 그 빠름에 걸맞은 눈을 가져야 해. 거기에 세상 누구도 따라잡을 수 없는 신법이 뒷받침되면 칼 따위는 문제가 안 돼. 청산인은 겨우 칠성을 익히고 십대고수의 일좌를 차지했어. 극성으로 익히면 하늘 아래 당신을 죽일 수 있는 사람은 없을 거야."

하늘 아래 당신을 죽일 수 있는 사람은 없다.

광오하지 않은가.

조원원은 온몸의 피가 뜨거워지는 것 같았다.

엽무백이 손을 탈탈 털고 일어나며 말했다.

"적당히 배들 채웠으면 가자고."

　　　　*　　　　*　　　　*

　복주를 떠난 지 닷새째 되던 날 일행은 거대한 도시를 앞두
고 있었다. 동이 트지도 않은 새벽, 미명에 잠든 도시가 내려
다보이는 산릉 어느 절벽에서 조원원은 십리경을 꺼내 들었
다.

　그리고 무언가 이상한 걸 발견했다.

　조원원은 자신의 눈을 한차례 문지르고 다시 십리경을 보
았다. 복주에서 항주로 들어가려면 반드시 거쳐야 하는 게 있
다.

　전단강이다.

　하지만 아무리 보아도 도시를 관통하는 강은 여러 개 보일
망정 외곽을 휘감아 도는 강은 보이지 않았다. 대신 저 너머
로 도시보다 몇 배나 큰 검푸른 무언가가 보였다. 어렴풋하게
보이는 것은 등롱을 내건 수많은 배였다.

　'호수!'

　"여긴… 항주가 아니에요."

　"남창(南昌)이야."

　엽무백이 말했다.

　조원원의 눈이 툭 튀어나왔다.

　남창은 강서성의 성도로 복건성의 복주와 절강성의 항주

와 더불어 삼각형의 꼭짓점을 이룬다. 지난 닷새 동안 전혀 다른 방향으로 달린 것이다.

"그럼 좀 전에 보았던 거대한 호수가 파양호(鄱陽湖)……. 도대체 왜?"

"항주로 갔다면 전단강을 봉쇄하고 있는 적들과 마주쳤을 거야. 내 짐작이 틀리지 않는다면 철갑귀마대가 왔을 거야."

"그걸 어떻게……."

철갑귀마대는 혼세신교가 자랑하는 최강의 타격대 중 한 곳이다. 백여 번이 넘는 실전을 치르는 동안 단 한 번도 패배를 기록한 적이 없는 전투 귀신들이 자신들을 추격하고 있단 다.

일이 너무 커졌다.

마교가 철갑귀마대까지 동원할 줄 몰랐던 조원원은 마른 침을 꿀떡 삼켰다.

"봉쇄를 뚫고 항주로 진입할 수 있는 확률이 칠, 사방에 깔린 눈을 피해 비선과 접촉할 수 있는 확률이 삼, 그나마 비선이 없다면 말짱 도루묵이 되겠지. 그때쯤엔 천라지망으로 변한 매복을 뚫고 항주를 탈출해야 해. 확률은 일. 쓸데없이 모험을 할 이유가 없어."

"그 고생을 해서 밀지를 빼앗은 건 항주로 가기 위해서가 아니었던가요?"

"그들도 당신처럼 생각하겠지?"

조원원의 눈동자가 휘둥그레졌다.

"맙소사. 그럼 적들을 항주로 유인하기 위해 일부러……!"

단순히 추격자들만이 아니었다.

엽무백의 목적지가 항주라고 생각한다면 근동에 있던 마교 고수들까지 앞다투어 항주로 향할 것이다. 일종의 쏠림현상인 셈인데, 그렇게 되면 상대적으로 다른 지방의 경계가 허술하게 된다.

눈치만 잘 굴리면 적들과 부딪치지 않고도 복건을 빠져나갈 수 있는 셈이다. 여기서 조원원은 또 다른 의문이 생겼다.

"비선을 만나지 않을 생각인가요?"

"아니, 비선은 만날 거야. 주요 도성마다 비선이 하나씩은 있다고 했으니까 남창에도 있겠지."

"우리가 손에 넣은 밀마는 일회용이에요. 항주의 비선이 아니면 하등의 쓸모가 없다고요."

"난 밀마를 모르고도 당신들을 만났지."

"그러다 죽을 뻔했죠."

"하지만 살았지."

"그러니까 당신 말은 '만리촉의 적 노인'처럼 소문을 찾아보자는 얘긴가 본데, 소문을 찾기도 어려울뿐더러, 설혹 찾았다고 해도 또 함정이면 어쩌려고요?"

"그것까진 어쩔 수 없는 거고."

"……!"

조원원은 기가 막혀 말이 나오지 않았다.

第七章 마두(魔頭)와 홍모귀(紅毛鬼)

엽무백은 너무나 태연하게 남창으로 들어가 아직 장사도 시작하지 않은 객점의 문을 두들겼다.

그의 행동은 도무지 종잡을 수가 없다.

항주로 가나 했더니 남창으로 오고, 야음을 틈타 은밀히 잠행을 하나 했더니 유람이라도 온 것처럼 태연하다.

도대체 무슨 속셈일까?

조원원은 말도 못하고 속만 바짝바짝 타들어갔다.

그런 마음을 아는지 모르는지 엽무백과 진자강은 파양호에 왔으니 파양봉봉룡을 꼭 먹어봐야 한다며 잉어찜을 세

접시나 시켜놓고 게걸스럽게 먹는 중이었다.

"도둑놈들, 잉어찜을 닭찜으로 둔갑시켜 팔다니."

진자강이 꼬리에 붙은 살점을 쩝쩝 빨면서 말했다. 일전에 복주의 만리촌에서 닭찜을 파양봉봉룡으로 알고 먹은 걸 두고 하는 말이었다. 물론 조원원은 그 사정을 알 리 없었다.

점소이에게 들은 파양봉봉룡의 요리법은 이랬다.

우선 잉어가 노니는 곳에 조각배를 띄워놓고 숨죽여 기다린다. 시간이 흘러도 아무런 기척도 없으면 잉어는 조각배를 통나무로 오인, 수면 위로 숨을 쉬러 나온다.

그 순간 몽둥이로 대가리를 후려쳐서 잡는다. 나머지는 향신료 몇 가지를 제외하면 여타의 잉어찜과 별반 다를 바가 없었다.

몽둥이로 때려잡는 것과 낚시로 잡는 것이 무슨 차이가 있다는 건지 모르겠지만 파양봉봉룡은 제법 맛이 있었다.

"한 마리 더 할까?"

엽무백이 대가리 사이에 박힌 살점을 빨아 먹으며 물었다.

"그래도 돼요?"

진자강이 조원원을 보며 물었다.

점소이가 선불이라고 했을 때 엽무백이 딴청을 피우는 바람에 음식값을 조원원이 모두 지불한 상태였다. 조원원은 엽무백을 돌아보며 물었다.

"지금 밥이 들어가요?"

엽무백은 들은 척도 않고 점소이를 불러 끝내 파양봉봉룡 두 접시를 더 시켰다. 그리고 남은 뼈를 발라 먹으며 말을 시작했다.

"아마 이게 마지막일 거야."

"뭐가요?"

"이렇게 편하게 밥을 먹는 거, 얘기를 나누는 거, 휴식을 취하는 거. 오늘이 지나면 싸움의 양상이 달라질 거야. 그땐 힘들다고 쉴 수도 없고 배고프다고 먹을 수도 없어. 졸음이 쏟아져 미칠 것 같아도 눈을 똑바로 뜨고 언제 어디서 튀어나올지 모르는 적들과 싸워야 해. 그러니 시간이 있을 때 실컷 먹어둬."

각오하지 않은 것은 아니지만 엽무백의 착 가라앉은 음성을 듣자니 조원원은 갑자기 가슴이 먹먹해졌다.

설렁설렁한 것 같아도 엽무백은 이미 상황을 심각하게 받아들이고 있는 것이다.

생각해 보면 그는 복주에서도 그랬다.

'철갑귀마대를 속일 정도로 치밀한 사람인데, 편안한 모습에 속아 내가 너무 안일하게 봤어.'

엽무백의 말이 이어졌다.

"잠룡옥이라는 놈이 있어. 뇌총의 지자인데 만박의 개지.

개는 갠데 아주 똑똑한 개야. 철갑귀마대가 올 때 놈도 함께
왔어."

"그건 또 어떻게⋯⋯."

"만박을 좀 아는 편이지. 모든 건 그 늙은이가 주도하고 있
어."

만박을 알고 철갑귀마대를 안다.

마교의 속사정을 이처럼 잘 아는 이 사람은 도대체 누굴
까? 그러고 보니 문득 그에 대해 아는 게 너무 없다는 생각이
들었다.

황벽도와 매혈방을 피로 물들이고, 광동진가의 소공자 진
자강과 함께 금사도로 간다는 말을 듣고 최소한 적은 아니라
고 판단했다.

지금도 그 생각엔 변함이 없다.

점점 그의 정체에 대해서도 안일하게 대처했다는 생각이
들었다. 작지만 아주 중요한 것을 놓치고 있었다. 하지만 지
금은 아니었다.

"그래서요?"

"빠르면 이틀 전, 늦어도 사흘 전에 놈은 속았다는 걸 알아
차렸을 거야. 항주를 제외하면 지리적으로나 시간상으로나
남창(南昌)을 떠올릴 수밖에 없어. 머지않아 남창이 마인들로
들끓을 거야. 문제는 천망인데⋯⋯."

"천망?"

"한 번쯤 들어봤을 테지?"

"물론… 이죠."

마교의 첩보 조직이다.

중원 곳곳에서 일어나는 일에 대해 모르는 게 없다는 마교의 눈과 귀가 바로 천망이다. 한데 잠룡옥을 이야기하다 말고 갑자기 왜 천망이라는 이름을 꺼내는 걸까.

"두 번이나 나를 놓쳤으니 만박도 지금쯤엔 '뭔가 이게 아닌데' 할 거야. 그랬을 경우 천망에 도움을 청할 수밖에 없지."

"단순히 정보력을 말하는 것 같진 않은데요?"

"천망에 영조가 몇 마리 있어. 구름 속을 난다는 새인데 맑은 날엔 반경 십 리 안에 움직이는 모든 것을 추격할 수가 있지. 그것까지 오면 비선과 접촉을 한다고 해도 도주로가 쉽지 않을 거야."

만박과 철갑귀마대에 이어 천망까지.

도대체 마교에 대해 모르는 게 없다.

조원원은 갑자기 가슴이 콩닥콩닥 뛰기 시작했다.

더 늦추면 안 될 것 같았다.

"당신은… 누구죠?"

"나도 마인이야."

"……!"

조원원은 떨리는 마음을 진정시키며 진자강을 바라보았다. 진자강은 그게 뭐 어떠냐는 듯 아무렇지도 않게 잉어 뼈를 발라 먹고 있었다. 녀석도 알고 있었던 것이다.

"마교도는 아니야."

"그런데 어떻게 마교에 대해 그렇게 소상히 알죠?"

"신궁에 벗이 살았어. 죽은 교주를 신처럼 떠받들던 멍청한 놈이었는데 교주가 죽고 정적들에게 제거되었지."

"그 벗, 저도 알 만한 사람인가요?"

"장벽산이라고."

"삼공자!"

조원원은 소스라치게 놀랐다.

심장이 터질 것처럼 벌렁거려 말을 이을 수가 없었다. 그제야 복주에서 그가 했던 말이 떠올랐다.

"금사도로 가지 않는다고 해도 나는 편하게 살 수 없는 상황이 되어버렸으니까."

이해가 된다.

삼공자는 유력한 차기 교주였던 사람. 새로 교주가 된 칠공자는 삼공자와 가까웠던 모든 사람을 찾아 씨를 말리려 들 것이다. 엽무백의 입장에선 금사도로 가지 않는다고 해도 적들과 끊임없이 싸워야 한다.

"왜 내게 그런 말을 해주는 거죠?"

"아까부터 내가 말을 할 때마다 의심스러운 눈초리를 하고 있으니까. 앞으로 계속 그럴 것 같으니까."

"죄송… 해요."

"그럴 것까진 없고, 앞으로는 내 앞에서 그런 표정 짓지 마. 정 믿지 못할 것 같으면 여기서 그만 헤어지고."

"저도 솔직히 말할게요. 마음이 편치 않은 건 사실이에요. 하지만 당신이 그들의 적이라는 건 확실히 믿겠어요. 그것만으로도 충분히 동행할 수 있어요."

"동료에서 다시 동행으로 바뀐 건가?"

조원원은 무슨 말을 해야 좋을지 몰랐다.

그의 실력으로 보자면 마두라고 해도 맞을 텐데, 정종 무예를 익힌 자신이 마두와 동료가 될 수는 없지 않은가.

한편으로는 일이 재밌게 돌아간다는 생각도 들었다. 마도 천하가 된 것도 모자라 마두가 마도를 향해 칼을 뽑아 들었으니 세상이 참 콩가루가 따로 없다. 하기야 마인과 마교도가 꼭 같은 말은 아니니까. 거기까지 생각이 미친 조원원은 그만 피식 웃고 말았다.

"왜 웃지?"

"홍모귀를 아세요?"

"……?"

"홍모귀 친구가 하나 있었죠. 저한테 불아보라는 이름을 지어주었는데, 예의도 없고 성격도 포악한데다 어찌나 색을 밝히는지 옆에서 지켜보려니까 아주 환장하겠더라고요. 술은 또 얼마나 처먹는지 하루라도 취하지 않은 날이 없었죠. 주정뱅이에 색광에 폭력에…… 어휴, 미친 새끼."

그때 생각을 하면 지금도 머리가 아픈지 조원원이 고개를 절레절레 흔들었다.

엽무백의 눈동자가 살짝 가늘어졌다.

왜 갑자기 홍모귀 얘기를 꺼내는가.

자신더러 미친 새끼라는 건가?

"도무지 이해할 수 없는 것투성이지만 그래도 저는 친구가 됐죠. 우리와 닮은 구석도 많았거든요."

조원원이 고개를 들어 엽무백을 바라보며 말을 이었다.

"나한테 당신은 홍모귀예요. 다른 점도 많겠지만 닮은 점을 더 찾아보도록 노력할게요."

'어째 비유가 좀…….'

엽무백은 떨떠름했다.

"자, 이제 하던 얘기를 마저 해볼까요? 놈들의 반응을 예상했다면 대응책도 있겠죠? 어떻게 비선을 찾을 건지 말해

줘요."

"비선이 우리를 찾게 만들 거야."

"어떻게요?"

"남창에서 가장 번화한 곳이 어디지?"

"그야 당연히 등왕각(滕王閣)이죠. 창강의 황학루(黃鶴樓), 동정호의 악양루(岳陽樓)와 함께 강남 삼대명루로 꼽히는 곳인지라 온갖 장사치들과 유람객들로 북적일 걸요. 그건 왜요?"

"등왕각에서 작은 소란을 일으킬 거야. 소문이 퍼지고 철갑귀마대가 도착하기 전까지 비선이 나타나지 않으면 없는 것으로 간주, 미련없이 다른 도성으로 향한다."

"무슨 그런 말도 안 되는 작전이……."

"이제부턴 전장이 따로 없어. 누가 시간을 통제하느냐에 승부가 달렸지. 크게 치고 빠르게 빠진다."

"설사 그렇다고 해도 무슨 수로 비선을 등왕각으로 불러들인다는 거죠?"

"두고 보면 알아."

조원원은 기가 막혀서 말이 나오질 않았다.

하지만 엽무백이 이미 결심을 굳혔다면 무슨 말을 해도 듣지 않을 거라는 것도 알았다.

"좋아요. 제가 뭘 하면 되죠?"

"여기서 우리와 헤어진다."

진자강이 잉어찜을 먹다 말고 눈을 동그랗게 떴다. 얼떨떨하기는 조원원도 마찬가지였다.

"예?"

"적들은 당신의 존재를 모른다. 남창이 들썩이면 비선의 생존자가 사건의 전말을 확인하기 위해 반드시 찾아올 것이다. 하지만 수많은 시선이 있는 곳에서 모습을 드러낼 리 없지. 그때 당신이 비선을 찾아 그들과 접촉해야 한다."

"제가 어떻게요?"

"그거야 비선인 당신이 가장 잘 알겠지. 그래서 따라온 거 아니었어? 이번 기회에 밥값 좀 해."

'밥도 사준 적 없으면서……'

*   *   *

남창의 서남쪽에 공강이라 불리는 물길이 있었다. 파양호의 동쪽 경계인 탓에 동호구(東湖區)라고도 불리는 이곳에 처음 누각이 들어선 것은 당 고조(高祖) 때였다. 이후 송과 원을 지나는 동안 수십 차례의 중건과 복구를 거쳐 오늘의 등왕각에 이르렀다.

구 층에 이르는 초대형 누각을 우러러보는 광장에 그가 나타난 것은 해가 중천에 떠오를 무렵이었다.

처음엔 아무도 이상한 점을 눈치채지 못했다.

돌돌 말린 거적을 가지고 나타나 사람들이 북적대는 광장 한복판에 깔고 소년과 함께 자리를 잡을 때까지만 해도 사람들은 '별 이상한 인간들도 다 있군' 하는 정도로 그쳤다.

하지만 거적 속에서 두 자루 칼이 나오자 사람들은 긴장하기 시작했다. 이어 그가 괴이한 깃발 하나를 대리석 바닥에 꽂고 밤톨만 한 금덩어리가 여러 개 든 종지를 깃발 아래에 두자 사람들은 크게 술렁였다.

매담금사도(買談金砂島).

금사도에 관한 이야기를 사겠다는 뜻이다.

종지에 든 금덩어리는 아마 그 대가일 것이다.

군중 속에는 금사도에 대한 소문을 한 번쯤 들어본 자들이 있었다. 그들은 주변 사람들에게 이 괴이한 얘길 빠르게 전파했고, 삽시간에 광장에 모인 사람 전부에게 퍼졌다.

강호의 일에 제아무리 문외한인 사람이라도 지금 무림의 주인이 혼세신교라 불리는 마교라는 건 안다. 그런 상황에서 금사도에 대한 이야기를 구하는 것이 어떤 결과를 가져올지는 보지 않아도 선했다. 한데도 깃발을 내건 괴인은 소년에게 일을 맡겨두고 벌러덩 누워 태연히 낮잠을 청했다.

아니나 다를까.

언제부턴가 군중 속에 칼 찬 무림인들이 하나둘씩 나타나기 시작했다. 그들은 어쩐 일인지 섣불리 나서지 않고 적당히 거리를 유지한 채 정체불명의 괴인을 지켜보고 있었다.

무림인들의 등장은 광장을 폭풍전야로 만들어 버렸다. 군웅은 괴인을 둘러싸고 적당한 거리를 유지한 채 상황을 지켜보았다. 그사이 소문은 광장을 넘어 빠른 속도로 퍼져 나갔고, 사람들은 점점 등왕각 아래의 광장으로 모여들었다.

조원원은 등왕각 꼭대기 층에서 행락객들과 뒤섞여 십리경으로 광장을 살피고 있었다. 지금 시대에 마인과 마인이 아닌 자의 구별은 어렵고 의미도 없다. 굳이 구분을 하자면 신궁에 적을 둔 마교도와 그렇지 않은 자들로 나눌 수 있다.

그렇다면 신궁에 소속되지 않은 자들은 마인이 아닌가?

당연하게도 그렇지 않다.

마교도가 아니면서 마공을 수련한 마인들은 고래로 끊이지 않고 있어왔다. 그런 자들은 마교도는 아닐 수 있어도 언제든 마교의 눈과 귀가 될 수 있는 것만은 분명했다.

그리고 천망(天網)이 있었다.

천망회회이소불실(天網恢恢疎而不失), 하늘의 그물은 크고 성긴 듯하지만 굉장히 넓어서 빠뜨리는 법이 없다는 고사성어에서 따온 천망은 마교가 중원을 굽어보기 위해 만든 조직이었다.

대륙에 산개한 매혼문, 흑도 방파, 독보강호 하는 마인들 모두가 자신들도 모르는 사이에 천망의 그물 일부를 담당하고 있었다.

군웅이 보고 흑도인들이 보았으니 천망이 알게 되는 건 시간문제. 지금쯤 전서구가 천지사방으로 날고 있을 것이다.

엽무백은 천망이 알게 되는 시간을 반 각, 철갑귀마대가 전서구를 받고 더욱 속도를 내 이곳 남창에 도착하는 시간을 하루로 보았다. 철갑귀마대는 남창의 경계에 진입하는 즉시 수라멸진(修羅滅陣)으로 포위망부터 칠 거라고 했다.

그 옛날 대야산(大野山)으로 피신한 당문의 생존자 일백을 단 한 명도 남기지 않고 몰살한 철갑귀마대의 수라멸진에 갇히면 빠져나갈 방도가 없다.

그래서 엽무백은 철갑귀마대가 도착하기 최소 한나절 전에 남창을 떠야 한다고도 했다. 그들의 눈에서 사라지는 게 아니라 아예 수라멸진을 펼칠 수 있는 범위 밖으로 벗어나야 한다는 뜻이다.

그래서 시간은 하루에서 다시 반으로 줄었다.

남은 시간은 이제 한나절. 해가 지면 비선을 찾는 것과 상관없이 여길 떠야 한다. 그때도 문제가 전혀 없는 것은 아니었다. 철갑귀마대가 도착하기 전에 근동의 매혼문들이 달려올 것이고, 현상금을 노리는 흑도 방파의 고수들도 있을 것이다. 그들 모두를 뚫고 달아난다고 해도 싸움은 무척 어려워질 수밖에 없다.

누가 시간을 통제하느냐에 승부가 달렸으며 크게 치고 빠르게 빠져야 한다는 엽무백의 말이 절로 실감 났다.

그러나 그렇다고 해도 지금의 작전은 너무나 터무니없어 보였다. 대저 전술이란 나를 감추고 상대는 끌어내는 것이 기본 아니던가.

그래도 어쩔 수 없다.

위험하기로 따지자면 조원원은 엽무백과 진자강에 비할 바가 아니었다. 두 사람은 그야말로 미끼가 되어 적진 한복판에 있고, 자신은 숨어서 지켜보기만 하면 된다.

일이 틀어져도 자신은 다칠 일이 없고, 두 사람은 목숨이 위험해진다. 조원원이 십리경에서 잠시라도 눈을 뗄 수가 없는 이유였다.

'순 제멋대로야!'

*   *   *

진자강이 엽무백을 흔들어 깨웠다.

엽무백이 닷 냥을 주고 산 초립을 슬쩍 올리고 보니 다부진 체격에 죽립을 쓰고 피풍의를 입은 칼잡이 셋이 군중 속으로부터 걸어나오고 있었다. 엽무백은 손님을 맞는 복자(卜者)처럼 일어나 앉았다.

"재밌는 친구로군."

첫 번째 사내가 말했다.

검상이 왼쪽 눈을 아래에서 위로 가로질렀는데 용케도 동공을 다치지 않아서 검상이 뚝 끊어져 있었다. 그래서 더 섬뜩했다.

"팔 게 있나?"

엽무백이 물었다.

금사도에 대해 아는 게 있느냐는 뜻이다.

"우린 팔지 않고 빼앗지."

엽무백은 종지에 든 금덩이를 집어 미련없이 내밀었다.

진자강이 눈을 동그랗게 떴다.

사내도 어리둥절한 표정을 지었다.

"무슨 수작이야?"

"자신있으면 가져가 봐."

사내는 풋, 하고 웃더니 말했다.

"흑산삼악(黑山三惡)이라고 들어봤나?"

혹산삼악이라는 이름은 진자강도 들어봤다.

강서성 일대를 떠돌며 악행을 일삼는 세 명의 강도인데, 그 수법이 악랄하여 같은 흑도들도 치를 떨 정도였다.

"들어봤지."

"백주에 금사도를 찾는다고 깃발까지 내건 걸 보면 제법 한가락 하는 놈인 것 같은데, 네 목은 얼마짜리일지 궁금하군."

"어디서 오는 길이야?"

엽무백이 혹산삼악의 피풍의를 보고 물었다.

죽립에 피풍의까지 입었다면 풍찬노숙(風餐露宿)을 수시로 한다는 얘기고, 그건 곧 이곳 사람이 아니라는 말이 된다.

"항주에서 오는 길이지. 그건 왜 묻지?"

"소문 못 들었나?"

"무슨 소문?"

"쯧쯧쯧."

혀를 끌끌 찬 사람은 곁에 있는 진자강이었다.

지금쯤 강호가 온통 엽무백 애길 텐데, 혹산삼악 따위가 겁도 없이 시비를 걸어오다니.

무언가 불길함을 느낀 사내가 도파를 잡아가는 순간, 퍽! 소리와 함께 뒤로 발라당 나뒹굴었다. 얼굴 정중앙이 움푹 꺼져 있었다. 그는 도파를 잡은 그대로 대(大) 자로 뻗은 채 일어날 기미를 보이지 않았다.

엽무백과 사내의 거리는 일 장여. 당사자는 물론 광장에 모인 군중 누구도 엽무백이 어떻게 손을 썼는지 보지 못했다.

좌우방을 점하고 있던 두 놈이 발작적으로 도파를 잡아갔다. 하지만 그들의 칼은 뽑히지 않았다.

엽무백은 왼쪽 놈의 도두를 쳐서 칼을 도로 집어넣은 다음 턱주가리를 날려 버렸고, 오른쪽 놈은 칼을 반쯤 뽑았을 때 다리를 걸어 허공에 수평으로 띄웠다. 그리고 기왓장을 깨듯 놈의 복부를 수도로 내려쳤다.

퍽퍽! 소리가 연달아 울리는 가운데 두 명이 순식간에 쓰러져 뒹굴었다. 처음에 쓰러진 자는 죽었는지 살았는지 기척이 없고, 턱주가리를 맞은 자는 박살 난 턱을 붙잡고 게거품을 게워냈다. 복부에 일격을 맞은 하늘을 보고 누운 채로 연신 뱃속의 것을 게워냈다. 그 모습이 금방이라도 죽을 사람처럼 위태로워 보였다.

끝이 아니었다.

엽무백은 쓰러진 세 놈을 차례로 옮겨 다니며 다리를 똑똑 분질러 버렸다. 그 과정에 슬쩍 암경을 흘려 다시는 무공을 쓸 수 없도록 힘줄을 끊어버렸음은 물론이다.

군중은 흑산삼악이라는 말을 똑똑히 들었다.

저런 흉악한 놈들을 단 세 방에 쓰러뜨리는 것으로도 모자라 쓰러진 자들을 찾아다니며 다리를 부러뜨리다니, 군중은 엽무백의 무시무시한 무공과 잔인함에 크게 술렁이기 시작했다.

"옆으로 치워라."

엽무백이 한 놈의 옆구리를 툭 차면서 말했다.

진자강이 자리에서 일어나며 되물었다.

"좀 챙겨도 돼요?"

"뭘?"

"며칠 도망 다니다 보니까 필요한 게 한두 가지가 아니더라고요."

"……?"

"우리를 죽이려 했던 놈들이고, 또 이놈들이 가지고 있는 건 모두 누군가에게서 빼앗은 물건일 게 뻔해요. 나쁜 놈들 걸 빼앗는 것도 협의에서 벗어나는 짓일까요?"

광동진가의 소공자가 남의 물건을 뺏잔다.

엽무백은 기가 막혀 헛웃음이 다 나왔다.

그런 기미를 눈치챈 진자강이 볼멘소리를 했다.

"솔직히 지금 우리가 찬밥 더운밥 가릴 때는 아니잖아요."

"누가 뭐라 그래?"

"예?"

"피풍의가 좋아 보이더라."

"옛!"

신이 난 진자강은 조원원 것까지 생각해서 일단 피풍의 세 벌을 벗겼다. 그런 다음 품속을 뒤져 묵직한 전낭을 챙기고, 내친김에 칼도 한 자루 슬쩍 빼돌려 두었다. 마지막으로 항거 불능인 세 명의 다리를 잡아 적당한 곳으로 끌고 간 다음 버렸다.

"칼은 왜?"

"짬날 때마다 도법을 좀 수련해 볼까 하고요."

"무공은 시간 날 때 수련하는 게 아냐. 없는 시간도 만들어서 오래도록 해야 하는 거지."

"혼자서 잘할 수 있을지 걱정이네요."

진자강이 엽무백을 슬쩍 곁눈질했다.

제자를 거두지 않을 거라는 말은 들었으니 어떻게 대련이라도 좀 해주겠다고 하지 않을까 하는 바람 때문이었다.

"백문이 불여일견이라는 말을 알아?"

"알죠."

"혼자서 수련하는 것보다는 대련이 좋아."

"제 말이 그 말이에요."

"대련보다는 실전이 낫고."

"그건…… 그렇겠네요."

"같은 도법이라도 익히는 사람에 따라나오는 초식은 천양

지차야. 똑같은 가르침인데 왜 그럴까? 실전을 통해 부딪치고 깨지면서 자신의 도법으로 만들기 때문이지. 말 나온 김에 한번 해볼래?'

"지금… 요?"

"거기 너."

엽무백이 군중의 앞줄에 쭈그려 앉아 있던 외팔이 사내를 향해 말했다. 사내는 잠시 주위를 두리번거리더니 손가락으로 자신의 가슴을 가리켰다. 얼굴은 '나?' 라고 묻고 있었다.

"그래, 너 말이야. 잠깐 나와봐."

"왜 그러시오?"

"얘기 들었잖아."

사내는 무슨 생각에선지 피식 웃었다.

후줄근한 흑삼에 헝클어진 머리카락이 거지를 연상케 할 정도로 추레한 몰골이었다. 진자강은 엽무백이 왜 저 사내를 지목했는지 알 수가 없었다.

"애들은 상대하지 않소."

"그러다 지면 어쩌려고?"

"훗."

"좋은 말 할 때 나오지."

"됐시다."

"패도의 일점혈육이라도?"

"......!"

엽무백의 한마디에 사내의 낯빛이 굳었다.

패도 진세기의 혈육이라는 말에 군중의 술렁거림이 파도처럼 번져 나갔다. 패도가 누구인가. 무림맹이 백기를 드는 순간에도 정영들을 모아 마지막까지 저항함으로써 무인의 기상이 어떠해야 하는지를 보여준 정도무림의 전설이 아닌가.

괴인과 함께 온 저 꼬마가 패도의 혈육이자 광동진가의 소공자라고? 이거야말로 놀라자빠질 얘기다. 만약 그 말이 사실이라면 강호가 발칵 뒤집히고도 남을 일이었다. 더불어 저 사내와 꼬마의 목숨은 백척간두에 놓였다.

사내는 뚫어질 듯한 눈으로 진자강을 한참이나 보더니 엽무백을 향해 물었다. 좀 전과 달리 착 가라앉은 목소리였다.

"당신이 누구인지 알고 있소."

"그래?"

"황벽도와 매혈방을 피로 물들이고 금사도를 찾아가는 웬 미치광이가 있다더군. 벌써부터 살성(殺星)이 나타났다고 강호가 들썩입니다."

"하고 싶은 말이 뭐야?"

"난 내력을 모르는 자와는 이유 없이 싸우지 않소."

"내가 두렵다는 얘기잖아."

"세상 눈치 볼 일 없는 천하제일인이 아닌 다음에야 상대를 살피고 어깨를 재보는 건 당연하지 않소? 그건 부끄러운 일도, 부끄러워할 일도 아니라고 보오만."

"솔직한 게 마음에 드는데."

사내가 피식 웃었다.

엽무백도 피식 웃으며 말했다.

"말인즉슨, 날더러 싸움에 끼어들지 말라 이건데, 좋아, 약속하지."

"믿어도 되겠소?"

"아무렴. 보는 사람이 이렇게 많은데 한 입으로 두말할까. 그보다 자신은 있고? 다시 말하지만 패도의 혈육이야."

"범도 새끼 때는 개에게 물려 죽지."

사내가 만족스러운 표정과 함께 천천히 몸을 일으켰다.

그러자 엉덩이 뒤로 감추어져 있던 칼이 나타났다. 칼집도 없고 날도 세우지 않은 박도였다. 검과 달리 도구로서의 성격이 강한 박도는 먼 길을 가는 강남인이라면 누구나 한 자루씩은 지니고 다니는 물건이었다.

하지만 저 사내의 허리춤에 매달리는 순간 그건 평범한 박도일 수 없었다. 사내의 전신에서 지금까지와는 달리 싸늘한 한기가 발산되었다.

"흑삼객(黑衫客)이란 놈이다. 십여 년 전 네 아버지에게 한 팔을 잃었지. 운이 좋군. 여기서 철천지원수의 핏줄을 만나

다니."

"으에?"

진자강의 두 눈이 휘둥그레졌다.

"그, 그걸 알면서도 싸움을 붙였단 말이에요?"

"그래서다. 놈은 반드시 너의 명줄을 끊어놓으려 할 게다. 앞으로 만나는 적들도 그렇겠지. 실전이란 이런 거다. 잘 경험하고 와."

"……!"

"두려우냐?"

"그건……."

"두려우면 하지 마라. 뒤처리는 내가 하마."

"아니에요. 하겠어요."

진자강이 굳건한 음성으로 말했다.

"들어서 알겠지만 싸움이 벌어지면 나는 너를 돕지 않을 것이다. 실전에 서면 누구나 혼자라는 걸 명심해라. 대신 놈에 대한 정보를 줄 테니 잘 들어라. 놈은 초공산도(超空散刀)라는 괴이한 도법을 쓴다. 초식의 숫자는 겨우 칠 식. 하지만 일단 싸움이 벌어지면 눈이 어지러울 만큼 변화무쌍하지."

"그와 저의 실력 차이는 어느 정도인가요?"

"당연히 너는 그의 상대가 안 된다. 비교 자체가 말이 안 돼."

"그럼 제가 질 게 뻔하겠네요."

"무공의 우열이 반드시 생사를 결정짓는 건 아니다. 그렇다면 실력 차가 나는 무인들끼리는 절대로 싸울 일이 없겠지. 승부를 결정짓는 건 발이 육, 눈이 이, 칼은 일밖에 안 돼. 나머진 방심, 배짱, 술수와 같은 심리적인 요인들이다."

"제겐 너무 어려운 말들이네요."

"너와 저놈의 목숨 중 어느 쪽이 비쌀 것 같으냐?"

"사람의 목숨에는 귀천이 없다고 그랬어요."

"누가?"

"조원원 누나가요."

"바깥세상에선 어떨지 몰라도 강호에선 사람 목숨에 귀천이 있다. 지금 같은 경우 패도의 일점혈육이니 당연히 네가 더 비싸다. 당장 너를 마교에 갖다 주면 백만 냥은 받을 수 있다. 하지만 저놈은 그렇게 생각하지 않을걸. 사람은 누구나 제 목숨이 제일 중요하지. 놈은 절대로 너와 동귀어진할 생각이 없을 것이다. 내 말 무슨 말인지 알겠니?"

무슨 말인지 하나도 모르겠다.

하지만 죽는 걸 두려워하지 말고 싸우라는 말인 줄은 알겠다. 진자강은 굳은 표정으로 고개를 끄덕인 후 돌아서서 흑산삼악에게서 빼앗은 칼을 집어 들었다. 그 순간, 진자강의 머릿속이 하얘졌다. 미처 생각지 못했는데 흑산삼악의 칼은 스무 근이 넘는 대도였다.

초식을 펼치기는커녕 제대로 들기도 어려웠다.

그렇다고 엽무백의 왜검을 빌릴 수도 없었다. 생긴 것과는 달리 자루당 삼십 근에 육박하는 중병이 바로 저 왜검이었다. 엽무백은 무거운 철을 수천 번이나 두들겨 밀도를 높인 탓이라고 했다.

진자강은 칼을 질질 끌고 나갔다.

초장부터 힘을 빼지 않기 위해서였다.

미리부터 광장의 중앙으로 나와 기다리고 있던 흑삼객은 피식피식 웃고 있었다. 누가 보아도 칼이 무거워서 끌고 나오는 모양. 하늘이 무심치 않았는지 원수의 아들을 보내줄 줄이야.

"진정 패도의 아들이냐?"

광동진가의 소공자라는 것이 만천하에 밝혀졌다.

엽무백을 탓할 마음은 조금도 없다.

언젠가는 밝혀질 일. 지금 아느냐 나중에 아느냐의 차이일 뿐이다. 그런 중요한 일을 이렇듯 많은 군중 앞에서 얘기했을 때는 이유도 있을 것이다.

진자강은 엽무백의 생각을 알 수 있었을 것 같았다.

지금까진 엽무백이 자신을 지켜주었지만 앞으로는 스스로 목숨을 지켜야 한다는 걸 안다. 그때가 되어 도법을 펼치다 보면 정체가 저절로 탄로 나게 되어 있다. 그전에 충분히 실전 경험을 쌓아야 한다. 실전 경험을 쌓으려면 결국 자신의 정체를 드러내는 수밖에 없다.

"광동진가의 십칠대 손 진자강입니다. 한 수 가르침을 청하겠습니다."

진자강은 흑삼객을 향해 과하지도 모자라지도 않게 포권지례를 했다. 제아무리 몰락한 무가라고는 하나 정도 명문의 후예가 아닌가.

엽무백은 흡족했다.

작고 가녀린 어깨지만 사람들 앞에 나서서 위엄을 잃지 않고 있다. 지금은 힘없고 초라한 어린 소년일 뿐이지만 언젠간 광동진가를 다시 일으켜 세우고 세상을 호령하리라. 물론 그때까지 살아 있다면.

어디선가 돌멩이가 날아와 진자강의 발치에 떨어졌다.

누군가의 조소가 이어졌다.

"광동진가의 소공자씩이나 되는 놈이 죽은 자의 옷가지나 벗기냐? 에라이, 쪼잔한 놈아!"

와자지껄한 웃음보가 터졌다.

엽무백은 잠자코 지켜만 보았다.

조롱도, 멸시도, 위협도 모두 진자강의 몫이다.

녀석 스스로 상대하고 이겨 나가야 한다.

진자강은 엽무백의 기대를 저버리지 않았다.

"하하하! 그러게 말입니다. 사나이로 태어났으면 적을 죽이고, 삶의 터전을 빼앗고, 나아가 전 무림을 훔쳐야 하는 건데 말입니다. 고작 노숙할 때 몸을 덥힐 요량으로 피풍의 따위나 훔치는 제 처지를 생각하니 제가 봐도 참 갑갑합니다. 그러니 여러분은 오죽하시겠습니까."

마교를 두고 하는 말이다.

그들은 어느 날 갑자기 중원 무림을 침공해 수많은 사람의 형제와 아버지를 죽이고 삶의 터전마저 약탈했다. 그런 자들은 좋은 옷에 비싼 음식을 먹으며 떵떵거리며 사는 반면, 모든 것을 빼앗긴 사람들은 이렇게 쫓기고 있다.

진자강의 말은 바로 그 점을 지적한 것이었다.

좌중이 찬물을 끼얹은 것처럼 고요해졌다.

진자강의 말이 이어졌다.

"하지만 어쩌겠습니까? 오늘을 살아야 내일이 있는 것을. 그래서 오늘은 이렇게 돌을 맞을 수밖에 없지만 내일은 그냥 맞고 있지 않겠습니다."

진자강이 군중을 향해 싸늘한 시선을 흘렸다.

겨우 열세 살, 이제 코밑이 시컴시컴해지기 시작한 소년으로부터 서늘한 한기가 쏟아져 나와 좌중을 얼렸다. 그 순간, 군중 속에 숨은 몇몇 고수들은 진자강에게서 어린 시절 패도의 모습을 보았다. 피는 속일 수가 없는 것이다.

"소형제의 기상이 가상하군."

군중 속에서 누군가 말했다.

사람들이 갈라지며 군중 속에서 일단의 사람들이 모습을 드러냈다. 초립을 눌러써서 얼굴을 볼 수는 없지만, 후줄근한 복색에도 불구하고 어깨가 떡 벌어진데다 등에는 장검까지 두른 것이 범상한 자들이 아니었다.

"대명을 여쭈어도 되겠습니까?"

"교룡채(蛟龍寨)에서 왔네."

第八章

진자강의 첫 번째 싸움

사람들이 크게 술렁이기 시작했다.

교룡채면 장강수로맹에 속한 백팔수채 중 한 곳으로 악명이 자자했다. 공강이 장강의 지류이기는 하지만 그래도 가까운 거리가 아니다. 느닷없이 교룡채의 수적들이 왜 등장했단 말인가.

엽무백은 잠자코 그들을 지켜보았다.

"알고 보니 장강의 풍객(風客)들이셨군요. 혹 제게 가르침을 내리실 요량이신지…….”

"염려 말게. 소형제를 조롱하려는 것이 아닌즉. 내 비록 패도와 다른 길을 걸었으나 그는 진정한 무골이었지."

"감사합니다."

"무림의 앞날은 아무도 모르는 법. 언젠가 소형제와 내가 칼을 부딪치는 날이 오게 될지도 모르겠네. 하지만 오늘은 무림의 선배로서 한마디 조언을 해주고 싶은데, 괜찮겠나?"

"세이경청하겠습니다."

"칼을 뽑았으면 반드시 적을 쓰러뜨리게. 결과가 과정을 합리화시키는 법. 패자의 변명 따윌 들어줄 사람은 어디에도 없다네."

마교와 정도무림의 전쟁, 광동진가와 마교의 싸움, 좀 전에 진자강의 호기까지 모두를 아우르는 뼈아픈 일침이었다.

"각골명심하겠습니다."

진자강이 깊이 허리를 숙였다 일어섰다.

그때쯤엔 교룡채의 사람들이 군중 속으로 사라지고 있었다. 진자강은 멀어지는 사람들의 죽립을 한참이나 지켜보았다.

"이게 지금 뭐 하자는 수작인지 모르겠군."

흑삼객이 조소를 흘리며 말했다.

진자강이 다시 흑삼객을 향해 돌아섰다.

이어 두 다리를 비스듬히 벌리고 몸을 살짝 비틀며 상체를 낮추었다. 흡사 맹수가 먹이를 겨안은 듯한 진가도(眞家刀) 특유의 기수식 맹수포물세(猛獸抱物勢)다.

"오시오!"

"미친놈! 갈!"

대갈일성과 함께 흑삼객의 공격이 시작되었다.

눈 깜짝할 사이에 거리를 없앤 흑삼객은 초장부터 소나기 같은 공격을 퍼부었다. 눈앞에서 어지럽게 흔들리는 칼끝은 변화무쌍하다 못해 난잡할 경지였다.

요란한 시작과 달리 맞설 엄두가 나지 않은 진자강은 연거푸 물러나기에 바빴다. 천만다행인 것은 두려워하는 마음과는 별개로 몸이 본능적으로 움직였다는 것이다.

기억할 수 있는 가장 오래된 시간부터 수련해 온, 그래서 언제부턴가 근육과 관절 깊숙한 곳에 알알이 녹아 있던 진가도의 초식은 부지불식간에 튀어나와 진자강의 목숨을 구해주었다.

흑삼객의 눈에 핏발이 섰다.

'진가의 무학이라 이건가?'

수백 년의 세월을 흐르는 동안 숱한 기재들을 통해 다듬고 발전되어 온 무학의 저력은 간단히 넘을 수 있는 벽이 아니었다.

게다가 놈은 땀을 뻘뻘 흘리며 파상적인 공세를 받아내는 틈틈이 정곡을 찌르는 반격을 가해와 흑삼객의 등을 서늘하게 만들었다.

그나마 상대가 어리고 실전 경험이 없는 애송이에 불과한 탓에 일방적인 우세를 이어갈 수 있었다. 녀석의 나이가 스물만 되었어도, 실전 경험이 조금만 있었어도 흑삼객은 상당한 곤경에 처했으리라.

그러다 어느 순간 흑삼객은 이상한 것을 느꼈다.

몇 번 공방을 주고받지도 않았는데 녀석이 땀을 뻘뻘 흘리고 있었다. 칼과 칼이 부딪칠 때 되돌아오는 반탄력도 여타의 무인들과 달랐다. 단순히 어려서가 아니었다.

'내공이 없다!'

녀석에겐 내공을 쌓은 징후가 전혀 느껴지지 않았다.

오직 초식의 현묘함에 의지해 자신의 폭풍 같은 공격을 모두 막아내고 있었던 것이다. 흑삼객은 피가 거꾸로 솟는 것 같았다. 내공도 쌓지 않은 애송이 하나를 어쩌지 못해 쩔쩔매다니. 더구나 만인이 보는 앞에서.

"죽어라!"

흑삼객은 공세의 고삐를 조였다.

진가도의 위력이 간단치 않음을 깨달은 진자강은 반격을 통해 어떻게든 상황을 역전시켜 보려고 했다.

하지만 칼을 찔러 넣을 때마다 소용돌이치는 듯한 흑삼객의 도초가 칼을 어지럽게 튕겨냈다. 그것은 마치 폭풍 속에 가랑잎을 던져 넣는 것과도 같았다. 그때마다 진자강은 두세 걸음 물러나며 목숨을 잃을 뻔한 대가를 치러야 했다.

등에서 식은땀이 흘렀다.

흑삼객의 동작이 불현듯 커지는가 싶더니 장작을 패듯 칼을 머리 위에서 떨어뜨리기 시작했다. 간간이 좌우의 측면을 노리기도 하지만 주공격은 일도양단이었다.

진자강은 무얼 어떻게 해볼 틈도 없이 본능적으로 칼을 들어 막았다.

깡깡!

금속성이 요란하게 울릴 때마다 손목이 찌릿찌릿 울렸다. 흑삼객이 도신에 내력을 싣기 시작한 것이다.

이래서 내공을 익히는구나.

이래서 내공을 익혀야 하는구나.

진자강은 내공을 익히지 않은 것을 뼈저리게 후회했다. 어느 순간 진자강의 머릿속에서 엽무백의 천둥 같은 호통이 울렸다.

[정신 차려!]

진자강은 퍼뜩 정신을 차렸다.

더불어 언젠가 엽무백이 했던 말을 떠올렸다.

"바늘은 내공을 익히지 않았지만 코끼리를 쓰러뜨린다. 힘을 한 곳으로 모으면 무엇이든 뚫을 수 있다."

'한번 해보자!'

그 순간, 두려움에 휩싸여 지금까지 보지 못했던 빈틈이 보였다. 그건 너무나 크고 뻔뻔하여 연속된 투로의 한 상황이 아닐까 싶을 정도였다.

아니었다.

흥분한 흑삼객이 진자강을 무시한 나머지 반격을 계산하지 않고 파상적인 공격을 펼치는 과정에 나온 분명한 빈틈이었다.

엽무백이 말한 방심, 배짱, 술수의 심리적 허점이었다.

빈틈은 계속해서 나타났다가 사라지기를 반복했다.

까앙!

머리 위에서 묵직한 금속성이 울렸다.

이번엔 뇌가 얼얼할 정도로 공명이 컸다.

흑삼객이 이성을 잃고 폭주한다는 증거다.

그가 또다시 큰 동작으로 칼을 떨어뜨려 왔다. 아주 무식한 인간은 아니었는지라 이번엔 좌방에서 시작해 사선으로 흘러 우방으로 빠지는 칼이었다.

진자강은 상체를 착 가라앉혔다.

그 속도를 따르지 못한 머리카락이 허공으로 치솟았다. 무시무시한 속도로 흐르던 흑삼객의 칼이 머리카락을 싹둑 잘랐다.

그 순간 사선(死線)이 보였다.

적과 나를 일직선으로 연결했을 때 단 일격에 상대를 죽일 수 있는 가상의 선을 진가의 무학에선 사선이라 가르친다.

진자강은 허리를 탄력적으로 비틀어 튕기는 한편 팔과 어깨와 허리와 다리를 사선의 연장선에 놓고 전신에서 끌어올린 모든 힘을 동전만 한 크기의 도두(刀頭)에 실었다.

용이 구름을 뚫는 것과 같은 이 수법의 이름은 용곤백운(龍困白雲), 막강한 힘이 칼끝의 한 점에 집중되었다. 짐작컨대 황소도 밀어 넘어뜨릴 수 있는 힘이었다.

까가강!

칼이 맹렬한 불꽃을 튀기며 도막을 뚫었다.

이어지는 살음.

푹!

"꺼헉!"

칼이 살을 뚫는 소리, 손끝으로 전해지는 뼈의 감촉, 옷섶을 적시는 피, 죽일 듯 노려보는 적의 얼굴이 감당하기 힘든 하나의 감정으로 뭉쳐 가슴속으로 훅 들어왔다. 상대를 찌르는 건 오감(五感)이라는 걸 진자강은 처음 알았다.

시간이 그대로 멈추었다.

흑삼객은 도저히 믿어지지 않는 듯 진자강을 바라보며 입술을 바르르 떨었다. 잠시 후, 그가 아랫배에 칼을 박은 채로 털썩 쓰러졌다.

"우와!"

군중 속에서 우레와 같은 함성이 터져 나왔다.

선과 악, 옳고 그름을 떠나 노련한 흑도의 고수를 상대로 힘겨운 싸움을 벌이는 소년에 대한 감탄과 찬사다.

땀으로 흠뻑 젖은 진자강은 가쁜 숨을 몰아쉬며 쓰러져 꺽 꺽거리는 흑삼객과 피묻은 자신의 칼을 번갈아 보았다.

"어떠냐?"

엽무백이 물었다.

"아주… 더러워요."

사람을 찌른 첫 느낌에 대한 단상이다.

"마무리를 할 거냐?"

"……?"

"그는 아직 살아 있다."

"살인을… 하란 말씀인가요?"

"살려주면 언젠가 네 등을 찌를 것이다."

"전 이제 겨우 열세 살이에요."

"강호의 일은 나이를 따지지 않는다."

"꼭 죽여야 하나요?"

"네 은원이니 네가 판단해라."

진자강은 고민에 싸였다.

언젠가 사람을 죽여야 할 때가 올 것이라는 건 알고 있다. 어쩌면 싸우는 중에 의도치 않게 찾아올 수도 있다. 하지만 지금은 그러고 싶지 않았다. 그렇게 빨리 변하고 싶지 않았다.

"살려줄래요. 그가 감히 엄두를 내지 못할 만큼 제가 강해질 거니까요. 그래도 괜찮죠?"

"물론. 네 인생이니까."

엽무백은 군중 속 어딘가를 노려보며 말했다.

"데려가라."

그러자 군중 속에 숨어 있던 세 명의 칼잡이가 움찔 놀라는 기색을 보였다. 흑삼객의 수하들이었다. 그들은 엽무백이 가세할 경우를 대비해 암기를 뽑아 들고 호시탐탐 기회를 노리고 있었다. 그러다 엽무백과 눈이 딱 마주치자 등골이 서늘해지는 충격을 먹었다. 잠시 후, 세 명이 튀어나와 흑삼객을 끌고 어디론가 사라졌다.

광장은 또다시 폭풍전야의 고요함으로 돌아왔다.

* * *

조원원은 땅이 꺼져라 한숨을 쉬었다.

등왕각의 꼭대기에서는 광장에서 사람들이 나누는 얘기를 들을 수가 없다. 한 명 한 명의 목소리가 군중의 웅성거림과 뒤섞여 벌떼가 웅웅거리는 것처럼 들렸기 때문이다.

덕분에 정확히 무슨 일이 있었는지는 몰랐다.

느닷없이 외팔이 검객이 튀어나와 진자강과 대치하더니,

이번엔 초립인들이 나타나 뭐라 뭐라 하다가 돌아갔다. 그리고 이어지는 외팔이와 진자강의 싸움. 엽무백은 왜 태연하게 지켜만 보고 있는가.

이건 아니다 싶어 당장에 뛰어 내려가려는 순간, 진자강이 외팔이 검객을 쓰러뜨렸다. 그리고 터지는 군중의 함성.

'도대체 무슨 일이 일어나고 있는 거야?'

어찌 되었든 싸움은 계속해서 벌어질 것이다.

지금도 소문을 듣고 사람들이 계속해서 몰려들고 있었다. 아무리 생각해도 무모한 작전이었다. 하지만 이미 엎질러진 물. 방법은 한시라도 바삐 비선을 찾는 수밖에 없었다.

조원원은 다시 십리경으로 광장을 그물질했다.

생존자가 있다고 가정했을 때 비선은 무인일 것이다. 무인인지 아닌지를 구분하는 방법은 셀 수 없이 많다.

일단 병기를 휴대하면 무인이다.

하지만 비선이 병기를 지니고 나타날 리 없으니 제외해야 한다. 지금 이 순간 병기를 들고 나타난 자들은 모조리 적이다.

병기를 논외로 쳐도 방법은 얼마든지 있다.

정수리가 보통 사람들과 상이하게 솟은 자는 내가고수라고 의심해야 한다. 걸음걸이가 정갈한 자도 살펴야 한다. 중병을 수련한 자는 어깨부터 벌어지고, 도검을 수련한 자는 팔뚝이 사공처럼 굵어진다. 이 정도만 구별할 수 있어도 살펴보아야 할 사람들은 일 할 정도로 줄어든다.

　마지막으로 여기에 무인의 감을 얹어야 한다.

　군중 속에 섞여 있지만 어딘지 모르게 수상한 움직임을 보이는 자, 단순히 호기심에서 찾아온 자들과는 다른 행동을 보이는 자를 찾아야 한다.

　스스로 움직임을 보이기 전에는 알 수 없다.

　다만 무인들과도 다르고 양민들과도 다른, 군중 속에 속해서는 알 수도 없고, 오직 새처럼 높은 곳에서 관조해야만 볼 수 있는 움직임이 분명히 있을 것이다. 그게 무엇인지 알아내는 것은 오직 조원원의 안목에 달려 있었다.

　그 순간, 십리경에 한 사람이 걸려들었다.

　'저자!'

　분명 왼쪽에서 서성거리던 청년 하나가 어느새 오른쪽 가장자리로 가 있었다. 왜 자리를 옮겼을까? 백주에 금사도에 대한 이야기를 사겠다는 간 큰 사람이 어떻게 생겼는지 궁금해서?

　아니다.

　누군가를 피해 자리를 옮겼다.

　무인들이 자신의 근처로 다가오자 그들의 눈에 띄지 않기 위해 일부러 피한 것이다.

　'수상하다!'

　조원원은 마른침을 꿀꺽 삼켰다.

그와 접촉해 비선이 맞는지를 최종적으로 확인해야 한다.

그 순간, 칼 찬 무림인 하나가 청년에게 다가가 귀엣말을 전했다. 청년은 미세하게 고개를 끄덕이고는 군중을 가로질러 또 자리를 옮겼다. 그리고 잠시 후, 칼을 찬 또 다른 무인에게 귀엣말을 전했다.

청년은 무사들 사이를 오가는 통인이었다.

'휴우!'

조원원은 땅이 꺼져라 한숨을 쉬었다.

십리경을 쥔 손에 땀이 송골송골 맺혀 있었다.

시간은 계속해서 흘렀다.

두 번의 싸움을 거치고 난 후에도 도전하는 자들은 계속해서 생겨났다. 그때마다 엽무백은 압도적인 무력을 발휘해 적들을 무참하게 발라 버렸다.

어떤 무인들은 그 자리에서 처참하게 죽여 버렸고, 어떤 자들은 중상을 입히는 선에서 쫓아버렸다.

그 나름의 기준이 있는지는 모르겠다.

분명한 건 아직까지 단 한 명도 엽무백의 삼 초식을 받아낸 자가 없다는 것이다. 그러자 사람들도 이제 엽무백을 두려워하기 시작했다. 광장으로 모여드는 칼잡이들은 점점 늘어나는 반면 도전하는 사람들의 숫자는 오히려 대폭 줄었다. 급기야 해가 반 뼘 정도 남았을 때는 더는 도전해 오는 자가 없었다.

'비선은 없어.'

조원원은 스스로 결정을 내리고 등왕각을 떠나려 했다.

그때 십리경에 기이한 광경이 들어왔다.

'저건 또 뭐야?'

*　　　*　　　*

웅성거리는 소리와 함께 군중이 썰물처럼 갈라졌다. 그 사이로 팔 인의 건장한 장한이 황금으로 요란하게 치장한 대형 가마를 메고 나타났다. 때를 맞추어 군중 속에 섞여 있던 또 다른 무사들이 각기 다른 방향에서 튀어나와 엽무백과 진자강을 에워싸기 시작했다.

그 수가 족히 일백은 되었다.

아마도 저 가마가 나타나기만을 기다렸던 모양. 느닷없이 펼쳐진 살벌한 분위기에 군웅이 너도나도 물러나면서 엽무백의 주변엔 더욱 커다란 공간이 생겼다.

잠시 후, 가마가 멈추고 수하로 보이는 자가 공손한 태도로 문을 열어주었다. 그 사이로 한 사람의 얼굴이 드러났다.

백설처럼 하얀 궁장을 입고 단아하게 틀어 올린 머리카락을 꽃잠으로 장식한 여인이었는데 그 모습이 숨이 막힐 듯 아름다웠다. 군중 속에서 나직한 탄성이 흘러나왔다.

여자가 가마 속에 앉은 채로 한가롭게 말했다.

"재밌는 구경이 있다기에 왔더니 사실이군요."

"오히려 내가 할 말이로군."

엽무백이 화려한 가마와 그 속에 든 더 화려한 여인을 구경하며 말했다.

"당신에 대한 소문을 들었죠. 황벽도와 매혈방을 피로 물들이고 금사도를 찾아간다죠? 심산에서 나온 노고수일 거라 생각했는데 생각보다 젊군요. 기대 이상으로 잘생겼고요."

"그런 소린 처음 들어보는군."

"술 한잔할래요?"

"사양할 이유가 없지."

여자가 방긋 웃더니 곁을 향해 고개를 끄덕였다.

눈송이처럼 내려앉는 눈썹과 살짝 늘어나는 입술이 그렇게 고혹적일 수가 없었다. 군중 속에서 또다시 탄성이 쏟아졌다.

엽무백의 앞에 커다란 탁자가 놓이고 산해진미가 차려졌다. 아리따운 세 명의 시비가 곁에서 시중을 들었다.

"좋은 곳으로 모시지 못해서 죄송해요."

가마 속의 여자가 말했다.

시비가 엽무백의 잔에 술을 따라주었다.

"천만의 말씀."

엽무백은 단숨에 술잔을 비웠다.

"호탕하시군요."

일말의 의심도 없이 술잔을 비운 것을 두고 하는 말이었다.

"아무렴 해화방(嗨花幫)의 방주가 꼼수를 쓸까."

해화방은 남창 일대의 유흥가를 모두 장악한 방파다. 우습게 볼 방파가 아니다. 그들의 영향력 아래 있는 주루와 기루만도 천여 곳에 달하고, 관련 종사자 삼만에 하루 동안 들고 나는 돈은 천문학적인 액수에 이른다.

하지만 해화방이 진정 무서운 것은 정보력에 있었다. 무림에서 일어나는 모든 일을 손바닥처럼 들여다보는 자들이 그들이다. 마음만 먹는다면 없는 일을 만들 수도 있고, 있는 일을 없앨 수도 있다.

엽무백이 궁금한 것은 왜 느닷없이 해화방이 등장했느냐하는 것이었다. 그것도 마교의 고수들조차 눈 아래로 본다는 방주가 직접.

"인정해 주셔서 고마워요."

여자가 또다시 방긋 웃었다.

아무것도 모르는 방년의 여자처럼 싱그럽기 그지없는 미소였다. 저 미소에 홀려 패가망신한 사람들이 한둘이 아니었다. 오죽하면 별호가 독소마녀(毒笑魔女)일까?

독소, 웃음 속에 독이 있다는 뜻이다.

해화방은 술에 독을 탄다는 얘기를 모욕으로 받아들인다. 그들은 술에 독을 타지 않고 웃음에 독을 탄다.

"공짜 술은 아닐 테고, 원하는 게 뭐지?"

"성질도 급하셔라."

"잠룡옥이 시간을 끌라고 하던가?"

"그가 추격 중인 걸 용케도 아셨네요."

남창 유흥가가 제아무리 큰 규모를 자랑한다고 해도 중원 전역으로 따지고 보자면 작은 이권에 불과했다. 하지만 해화 방의 영향력은 막강하다. 마교에 든든한 연줄이 있기 때문이다. 그게 바로 잠룡옥이었다.

"석년에 만박이 잠룡옥을 주운 곳이 이곳이었지?"

"당신… 신궁의 인물이군요?"

"그래 보여?"

"왜 이런 일을 하는 거죠?"

"잠룡옥이 무슨 꿍꿍인지도 알아보라고 하던가?"

"저야 시키는 대로 해야 하는 입장이니까요."

"잠룡옥은 당신의 연인이 아니었던가?"

"지금은 감히 우러러볼 수조차 없는 존재가 되었죠."

"씁쓸하겠군."

"술값을 치르는 셈 치고 말씀해 주시면 안 될까요?"

"독소마녀의 술을 받는 값치곤 너무 싼 거 아냐?"

"호호호."

강력한 염기를 흘리는 미소에 군중은 연거푸 마른침을 삼키기에 바빴다. 참을성이 약한 사내들은 이지를 잃은 사람처럼 침까지 흘렸다.

잠시 후, 독소마녀가 웃음을 거두고 말했다.

"이렇게 만나지 않았으면 연애라도 한번 걸어볼걸."

"영광인걸."

"지금이라도 한번 걸어볼까?"

독소마녀가 눈을 살짝 흘겼다.

"아서. 잠룡옥이 들으면 나를 찢어 죽이려 들 거야."

"자신… 없어요?"

"당신, 내 취향이 아냐."

"딴 사람이 있나 봐요?"

"됐고. 다른 걸로 거래하지."

"……?"

"해화방의 방주라면 비선에 대해 아는 게 있을 것 같은데, 어때? 당신은 비선에 대해 말해주고, 난 방주가 궁금한 걸 얘기해 주고."

"알지만 당신에게 도움은 되지 않을 거예요."

"판단은 내가 하지."

"환희동(幻戱洞)이라는 색주가(色酒街)가 있었죠. 일선에서 물러난 퇴기들이 뒷골목에서 돈 열 냥에 하룻밤을 팔았어요. 돈이 되지 않으니 해화방의 보호도 받지 못했죠. 그때 그들이 나타났어요. 제법 주먹을 쓰는 자들이 한두 명씩 나타나 퇴기들 곁에 거머리처럼 달라붙어 고혈을 빨던 기둥서방들을 쳐내더군요. 나중엔 제법 여러 명 되었고, 나름 그들끼리 뭉쳐 해화방에 상납도 했죠. 그 대가로 우리는 환희동 내에서 그들의 존재를 인정해 줬죠."

"처음부터 해화방이 목적이었군. 정보망을 이용하기 위해 계획적으로 접근한 거였어. 맞지?"

"귀신이네요. 맞아요. 그랬어요. 뒤늦게 그걸 알아냈을 때는 마교의 고수들에 의해 일망타진당한 후였고요."

"생존자는?"

"없어요. 그날 밤 마교의 고수 삼백 명이 환희동을 에워쌌죠. 마교의 고수들이 나타났다는 것도, 환희동을 에워쌌다는 것도 해화방은 알지 못했죠. 해화방이 모르는 걸 환희동이 알았을 리 없죠. 마교의 고수들은 환희동에 불을 지르고 화마를 피해 달아나는 사람들을 모두 죽였어요. 사내들은 물론이거니와 퇴기와 아이들까지 가리지 않았죠. 마침내 지옥 같은 밤이 가고 동이 텄을 때는 살아남은 사람이 없었죠."

누가 비선인지 모르기 때문이다.

애써 골라내는 수고를 하느니 차라리 모두 죽여 버리는 방법을 택한 것이다. 엽무백은 마인들의 무도함에 치를 떨었다.

곁에서 듣고 있던 진자강도 대도를 쥔 손을 부르르 떨었다. 화마 속에 갇혀 울부짖다 마인들의 칼에 죽어갔을 사람들을 생각하니 피가 거꾸로 솟구친 것이다.

"잠룡옥의 솜씨인가?"

"남창을 가장 잘 아는 사람이니까요."

"그렇군."

"이제 제 차례인가요?"

"뭐가 궁금하지?"

"당신의 이름부터 시작할까요?"

"엽무백."

"저 아인 패도의 혈육이고요."

"맞아."

"신궁의 인물이 왜 금사도로 가려는 거죠?"

"난 신궁의 사람이 아니야."

"마교도가 아닌가요?"

"아니야."

"한데 왜 금사도로 가려는 거죠?"

"하나의 돌로 세 마리의 새를 잡기 위해서."

"패도의 혈육을 데려다 주고, 마교의 추적을 피하고, 나머지 하나는 뭐죠?"

"마교의 패망을 보는 것."

"……"

"놀랐나 보군."

"그게 가능하다고 생각하세요?"

"마도천하가 된 지 겨우 십 년이야. 뿌리를 내리기엔 이른 세월이지."

"마교의 역사는 수 대를 이어왔죠."

"천 년 역사를 지닌 중원무림도 뿌리가 뽑혔는데 그 정도 쯤이야."

"당신이 혼자 그 일을 하겠다는 건가요?"

"그럴 리가. 하지만 불은 좀 지펴볼까 해. 소문에 들으니 꽤 많은 사람이 금사도로 향했던 모양이더라고."

"그 소문이 사실이 아니면요?"

"그건 그때 가서 생각해 보지."

"그들을 적으로 돌리는 게 어떤 일인지는 알고 있나요?"

"당신보다 내가 더 잘 알걸."

독소마녀가 잠시 말을 멈추고 엽무백을 응시했다.

그녀는 이해할 수가 없었다.

혼세신교는 중원무림의 유일한 주인이다.

강호인들은 이 땅에 무림이 생겨난 후 단 한 번도 만들어지지 않은 일교천하의 시대를 살고 있다. 혼세신교를 적으로 돌린다는 것은 중원무림 전체와 전쟁을 벌이겠다는 뜻의 다름 아니었다.

왜 이런 무모한 짓을 벌이는가.

"당신은 누구죠?"

독소마녀는 마지막 질문을 했다.

그에 대해 아는 게 없어서 이렇게밖에 할 수 없는 질문, 더불어 어쩌면 그를 가장 잘 알 수 있는 질문이었다.

"감당할 수 있겠어?"

"......?"

"어떤 정보는 그걸 알고 있다는 것만으로도 목숨을 걸어야 하지. 단언컨대 당신이 내 정체를 알게 된다면 사흘 이내에 목이 떨어질 거라고 장담하지. 내가 아닌 마교에 의해서. 아마도 그들이 휘두르는 칼은 잠룡옥이 되겠지. 어때, 그래도 듣고 싶나?"

"......!"

독소마녀의 눈동자가 착 가라앉았다.

농담이 아니다.

그의 전신에서 발산되는 한기가 사실이라는 걸 증명해 주고 있었다.

이해할 수 없었다.

잠룡옥은 분명 시간을 끌면서 그의 정체에 대해 최대한 알아내라고 했다. 하지만 눈앞의 사내는 자신의 내력을 알게 되는 순간 잠룡옥이 연인인 독소마녀를 죽일 거라고 했다.

미루어보자면 잠룡옥조차도 그에 대해 모르지만, 만약 알게 되는 순간엔 그의 존재를 아는 모든 사람을 죽여 없앨 거라는 말이 된다.

왜일까?

신교에 위협이 되기 때문이다.

도대체 그가 누구이관데 그의 존재를 안다는 사실만으로 죽어야 하는 걸까?

"그만 좀 먹지."

엽무백이 게걸스럽게 닭다리를 뜯고 있는 진자강에게 말했다. 한바탕 땀을 흘리더니 그새 배가 꺼진 모양이다.

"예."

진자강이 겸연쩍은 얼굴로 대답하고는 닭다리 몇 개를 함께 나온 유지에 잘 싸서 품속에 넣었다. 조원원을 주려고 그러는 모양이다.

엽무백이 가마 속의 여자를 돌아보며 말했다.

"방주도 그만 가지."

"앞서도 말했지만 전 철갑귀마대가 올 때까지 당신을 붙잡고 있어야 해요."

"그건 곤란해. 당신 때문에 비선이 나타나질 않거든."

"비선은 없다고 말했을 텐데요."

"복주에서도 그랬지."

"저를 못 믿는군요."

"아니, 당신은 믿어. 다만 당신의 정보력을 십 할 신뢰하지 못할 뿐이지."

"왜죠?"

"당신은 남창에서 일어나는 모든 일을 알고 있다고 생각하겠지? 과연 그럴까? 당신은 환희동의 왈짜들이 비선이라는 걸 몰랐고, 잠룡옥이 병력을 이끌고 환희동을 에워싸는 것도 몰랐어. 당신의 정보력엔 문제가 있어. 주위를 한번 점검해 봐. 이제 그만 수하들을 물려줘."

"그럴 수 없다면요."

"잘 생각하고 결정해. 상황이 상황이니만큼 일단 칼을 뽑으면 난 본보기로라도 살수를 쓸 수밖에 없어."

엽무백이 천천히 마지막 술잔을 비웠다.

독소마녀는 한참이나 엽무백을 응시하더니 조용히 말했다.

"미안하군요. 난 당신보다 잠룡옥이 더 무서워요."

그와 동시에 술을 따르던 세 명의 시녀가 동시에 비수를 뽑아 들고 엽무백을 찍었다. 정확히 삼각형의 방위를 점하고 있다가 벼락처럼 기습을 가한 것이다.

셋 모두를 피하기에는 너무나 가까운 거리였다.

하나는 쳐내고 하나는 피하는 사이 세 번째 비수가 급소를 찌르게 된다. 하지만 그건 일반적인 얘기. 엽무백은 이런 하찮은 수에 잡힐 상대가 아니었다.

엽무백은 상체를 뒤로 꺾어 좌방에서 찍어오는 여자의 손목을 낚아챘다. 동시에 여자의 나풀거리는 소맷자락을 쭉 뽑아 우방에서 찔러오는 여자의 손목을 휘감아 버렸다. 이어 살짝 한 발을 뒤로 빼면서 복부를 깊숙이 찔러오는 세 번째 여자의 목까지 감았다.

눈 깜짝할 사이에 세 명의 여자가 하나로 묶였다.

엽무백은 여자들의 궁둥이를 뻥뻥 차서 군중 속으로 날려 버렸다. 보통 사람은 평생을 살아도 한 번 안아보기 힘든 미녀들이 꼴사납게 날아가 군중 속에 처박혔다.

군중이 난리가 났다.

그때쯤엔 양쪽에서 대기하고 있던 무사 두 명이 엽무백을 향해 비호처럼 날아들었다. 시퍼런 칼 두 자루가 맹렬한 기세를 뿌리며 엽무백의 머리 위로 떨어졌다. 그 순간, 탁자 밑으로부터 두 개의 섬광이 솟구쳐 올랐다.

파팟!

두 개의 시체가 피를 뿌리며 탁자 위로 떨어졌다.

동시에 좌우에서 적들이 메뚜기 떼처럼 날아들었다.

"깃발을 지켜라!"

엽무백이 진자강에게 명령하고 난 후 탁자를 발로 차 왼쪽으로 날려 버렸다. 좌방에서 달려들던 무사들이 탁자를 여러 토막으로 쪼갰다. 쩍쩍 소리가 요란하게 울리며 음식과 탁자의 파편이 사방으로 튀었다.

그사이 엽무백은 우방에서 공격해 오던 다섯 놈의 가슴을 갈라 버렸다. 그야말로 눈 깜짝할 사이에 벌어진 일. 번개와 같은 엽무백의 수법에 중인들이 '악!' 소리를 질렀다.

때를 맞춰 적들이 사방에서 쏟아져 나왔다.

엽무백은 달려드는 적들 사이를 종횡무진 휘저으며 두 자루 왜검을 난상으로 휘둘러 댔다. 파공성과 뼈와 살을 가르는 소리, 찢어지는 비명이 하나로 뒤섞이며 무서운 기세로 달려들던 적 십수 명이 급살을 맞은 것처럼 쓰러졌다.

군중은 경악했고 독소마녀는 눈까풀을 부르르 떨었다.

해화방의 무인들은 난생처음 만나는 날벼락 같은 괴물을 맞아 속절없이 쓰러져 갔다. 광장은 어느새 중상을 입고 쓰러져 신음하는 자들도 발 디딜 틈이 없었다.

그럼에도 불구하고 무인들은 계속해서 늘어났다. 무슨 약이라도 처먹었는지 불 속을 뛰어드는 나방처럼 쉬지 않고 달려들었다.

이유가 있었다.

잠룡옥의 전서를 받은 인근의 흑도 방파와 매혼문의 무사들까지 몰려와 해화방의 명령에 따라 일사불란하게 움직이기 때문이었다.

잠룡옥은 신교의 입장을 대변하는 인물. 그의 명령은 곧 신교의 명령이었다. 때문에 무림방파들은 승부를 떠나 감히 잠룡옥의 명령을 무시할 수가 없었다. 그게 인명 손실을 감수하더라도 일단은 공격을 할 수밖에 없는 이유였다.

피가 사방으로 뿌려지고 육편(肉片)이 뚝뚝 떨어져 내렸다. 엽무백은 흡사 지옥의 악신이라도 씐 것처럼 단 한 점의 망설임도 없이 적들을 도륙하고 난자했다. 일방적인 학살은 저녁놀이 질 때까지 이어졌다.

진자강은 뒤늦게 싸움에 가세했다.

엽무백이 무서운 숫자로 날아드는 적들을 맞아 광장을 종횡무진 쓸고 다니는 사이 육 척 거구의 사내가 진자강을 노리고 후방에서 접근해 왔다.

상대의 우람한 근육을 보는 순간 진자강은 기가 질렸다.

톱날이 숭숭 달린 거치도가 대기를 가를 때마다 벌떼가 웅웅거리는 소리가 들렸다.

화전민촌에 살던 시절 진검을 들고 대련을 한 적은 숱하게 많았다. 하지만 자신의 목숨을 노리는 적과 실전을 치르기는 흑삼객에 이어 이번이 두 번째다.

대련과 실전의 엄청난 괴리를 느낀 진자강은 반격할 엄두조차 내지 못하고 뒷걸음질만 치기 바빴다. 그런 소극적인 행동에는 흑삼객을 찌를 때의 잔상이 충격으로 남아 있는 탓이 컸다. 어쩌면 내가 상대를 죽일지도 모른다는 두려움이 도초를 휘두르는 데 제약이 되고 있었던 것이다.

그때 진자강의 머릿속에서 엽무백의 호통이 울렸다.

[나중에 자비를 베풀지언정 싸울 때는 내가 저 새끼의 명줄을 끊어버려야겠다는 생각으로 임해야 해! 안 그러면 네가 죽어!]

엽무백의 전음이었다.

그의 말은 거칠지만 언제나 정곡을 찌른다.

진자강은 자신이 큰 실수를 했음을 깨달았다.

그 순간, 사내가 거치도를 크게 휘둘렀다. 좌방에서 우방으로 커다란 반원을 그리며 묵직한 속도로 비행하는 거치도의 궤적에 진자강의 목이 있었다.

진자강은 철판교의 수법을 발휘, 질풍처럼 상체를 뒤로 젖혔다. 거치도의 도신이 눈앞에서 아슬아슬하게 스쳐 갔다.

그 궤적을 눈으로 끝까지 좇으면서 바깥으로 향해 있던 자신의 칼을 끌어당겼다. 우하방으로 향해 있던 칼이 사선을 그리며 사내의 몸통을 핥고 지나갔다.

싸악!

베는 것과 찌르는 느낌은 또 달랐다.

시뻘건 핏물이 확 뿜어져 나와 황급히 물러나는 진자강을 덮쳤다. 핏물을 흠뻑 뒤집어쓴 진자강은 고목처럼 천천히 쓰러지는 사내를 볼 수 있었다.

두 번째 실전을 승리로 이끄는 순간이었다.

* * *

조원원은 간담을 쓸어내렸다.

느닷없이 벌어진 전투, 그리고 진자강과 험악한 장한의 목숨을 건 싸움은 지금의 상황을 어느 정도 예상했던 그녀에게도 적잖은 충격이었다.

하마터면 진자강이 죽을 뻔하지 않았는가.

진자강은 단순한 열세 살의 소년이 아니었다.

그는 수많은 무림인의 가슴속에 시대의 마지막 무인으로 자리 잡은 패도의 아들이다. 패도의 아들이 살아 있다는 걸 정도무림의 생존자들이 알면 식었던 가슴이 다시 뜨거워질지도 모른다. 진자강의 금사도 행은 그래서 의미가 각별했다.

한데 엽무백은 그런 진자강을 이끌고 사자들이 우글거리는 우리에 거침없이 뛰어들고 있다.

'저 사람, 언젠간 큰일을 내고 말 거야.'

엽무백의 예상은 틀렸다.

비선은 없다.

등왕각 앞 광장에서 소란을 일으킨 지 벌써 한나절. 생존자가 있었다면 분명 소문을 듣고 찾아왔을 것이다. 처음엔 자신이 비선을 알아보지 못할 수도 있다는 생각을 했다.

하지만 십리경으로 광장에 모이는 사람 전부를 하나도 빼놓지 않고 살피는 동안 생각이 바뀌었다. 한 사람 한 사람의 얼굴을 뜯어보고 표정과 행동을 살피는 동안 조원원은 자신이 비선을 알아보지 못할 가능성은 희박하다고 확신했다.

호기심에서 몰려온 사람들과 뭔가 목적을 가지고 온 사람의 표정과 행동은 분명 다를 수밖에 없기 때문이다.

'더 머무르는 건 바보 같은 짓이야!'

그 순간, 저 멀리 동남쪽 들판에서 희끄무레한 구름이 피어오르는 것이 보였다. 조원원은 재빨리 십리경으로 동남쪽 들판을 조준했다. 뭔지는 모른다. 다만 지면에서부터 솟구쳐 오른 먼지구름이 등왕각을 향해 맹렬한 속도로 달려오고 있는 것만은 분명했다.

'설마 철갑귀마대?'

이건 말이 안 된다.

철갑귀마대는 빨라도 자정 무렵에나 남창에 당도할 거라고 생각했다. 한데 그보다 반나절이나 빨리 도착하다니. 엽무백의 예측이 거듭 빗나가고 있었다.

조원원은 재빨리 십리경을 접어 품속에 넣었다.

이어 등왕각을 떠나기 위해 돌아서려는 순간, 그녀는 다시 천천히 고개를 돌렸다. 좀 전까지 몸을 숨기고 있던 기둥에 누군가 손가락에 물을 찍어 쓴 듯한 글씨가 보였기 때문이다.

배하추(背霞追).

노을을 등지고 달린다…….

물로 쓴 글씨는 양광을 받아 증발하면서 점점 희미해지고 있었다. 조원원은 재빨리 주변을 돌아보았다. 광장을 구경하기 위해 몰려든 사람들 사이로 미꾸라지처럼 빠져나가는 등이 보였다.

'비선……!'

第九章　전투 귀신들

어느 순간 싸움이 멈췄다.

엽무백이 정한 가상의 선 안으로 들어온 사람은 무조건 죽었고, 난전이 이어지는 중에 적들이 그 가상의 선을 인지하면서부터였다. 가상의 선 안은 이제 절대사지가 되어버렸다.

독소마녀의 명령도 더는 통하질 않았다. 동료들이 처참하게 죽어나가는 걸 본 적들은 공포에 질려 감히 선을 넘지 못했다. 그리고 드러나는 상황, 천여 평에 이르던 등왕각 앞 광장은 피를 흘리며 신음하는 무인들로 지옥도를 방불케 했다.

군중의 수는 이제 수천 명에 육박할 정도로 늘어났지만 광장은 오히려 텅 비어버렸다. 전투가 벌어지면서 겁에 질린 구경꾼들이 바깥으로 바깥으로 밀려났기 때문이었다.

군중은 불신과 경악으로 엽무백을 바라보았다.

혼자서 수백 명의 적을 도륙하고도 눈 하나 깜짝 않고 서 있는 엽무백의 모습은 지옥에서 탈출한 사신의 현신이 따로 없었다.

"아직 볼일이 남은 자 앞으로 나서라."

엽무백이 광장을 쓸어보며 말했다.

낮게 깔리는 음성이었지만 사람들의 귀에는 천둥소리만큼이나 크게 울렸다. 그 말이 지닌 의미와 무게를 알기 때문이다.

당연하게도 나서는 사람은 없었다.

그때 조원원이 어디선가 주인 잃은 말 세 필을 구해서 다급하게 달려왔다. 느닷없는 조력자의 등장에 군중이 크게 술렁거리기 시작했다.

"동남쪽 들판에서 먼지구름이 이는 걸 봤어요."

철갑귀마대다.

잠룡옥과 금적무가 철갑귀마대를 이끌고 달려오고 있는 것이다. 애초에 생각했던 것보다 반나절은 빠른 도착이었다. 여러모로 골치 아프게 생겼다.

"비선은?"

"찾지 못했어요."

조원원은 침통한 표정으로 고개를 가로저었다.

하지만 눈동자는 표정과 달리 별처럼 빛나고 있었다.

'찾았군.'

엽무백은 검을 바깥으로 휘둘러 피를 털어낸 다음 착검을 했다. 이어 조원원이 건네준 고삐를 쥐고 말에 훌쩍 올라 독소마녀를 노려보며 말했다.

"독주 잘 마시고 간다."

"단언하건대 당신의 말로는 처참할 거예요."

독소마녀가 오기가 서린 음성으로 말했다.

엽무백을 필두로 세 필의 말이 광장을 달리기 시작했다. 놀란 군중이 발에 걸리고 넘어지면서 가까스로 길을 터주었다.

*   *   *

서쪽 하늘이 온통 붉게 물들었다.

엽무백은 조원원, 진자강과 함께 노을을 등지고 전속력으로 달렸다. 머리 위 까마득한 천공에서는 언제부턴가 천응(天鷹) 한 마리가 배회하고 있었다.

조원원이 말한 먼지 구름은 일다경 전부터 동남쪽에서 방향을 꺾어 급부상했다. 그러다 조금 전부터는 구름이 넓게 흩어지기 시작했다.

수라멸진이 펼쳐지고 있는 것이다.

원리는 간단하다.

먼저 천안(天眼)이라 불리는 천응을 통해 적의 위치를 포착한다. 이어 백여 명의 무인이 각자의 방위를 점하며 오 리 바깥에서부터 적을 포위해 가고, 백 장여로 가까워지면 금적무의 명령에 따라 각 조별로 전진과 후퇴를 반복하며 공격을 시작한다.

원리는 간단하지만 그 위력은 실로 간단하지 않았다.

철갑으로 무장한 말과 사람이 육중한 대월도와 일 장에 달하는 돌격창을 앞세우고 돌진하는 모습은 흡사 전차와도 같다. 하늘 아래 어떤 것도 그 무시무시한 기세와 돌파력을 막을 수는 없다.

지난날 새외로 빠져나가는 와중에 대야산의 혈사가 그것을 증명해 준다. 새외로 빠져나가는 중에 잠시 대야산서 전열을 가다듬던 당문의 독인들은, 수많은 절독과 온갖 신병이기를 보유하고서도 철갑귀마대의 수라멸진에 갇혀 몰살을 당했다.

하물며 엽무백이 달릴 줄만 아는 여자와 겨우 두 번의 실전을 치른 아이를 데리고 수라멸진을 뚫는 것은 불가능했다. 유일한 방법은 수라멸진이 촘촘하게 짜이기 전에 빠져나가는 것이었다.

제법 안목이 있는지 조원원이 구해온 말은 땀을 비처럼 흘리면서도 소나무가 듬성듬성 솟은 숲 속을 질풍처럼 달렸다. 휙휙 지나가는 소나무 너머로 한가로운 공강의 풍경이 보였다.

강변을 타고 달리는 것은 강이 수라멸진의 맥을 끊어줄 것이기 때문이다. 물이 흐르는 강 위에서 진법을 펼칠 수는 없지 않은가.

작은 금으로 스며든 물이 마침내는 벽을 쪼개 버리듯 엽무백은 강과 수라멸진 사이의 접촉면에 생기는 틈을 비집어 뚫고 나갈 작정이었다.

좌우로 흩어졌던 먼지구름은 이제 흐름을 알아볼 수 없을 만큼 흩어지고 희미해져 버렸다. 분산되면서 약해진 탓도 있지만 그보다는 적들이 공강을 넘는 바람에 구름이 끊어진 덕분이었다.

때를 맞추어 천웅도 백여 장 아래까지 내려왔다. 철갑귀마대가 가까워지면서 목표물의 위치를 보다 정교하게 가르쳐 주기 위해서였다.

수라멸진이 시작되었다.

"진자강, 내 뒤에 붙어라. 조원원, 후미를 맡아!"

조원원과 진자강이 빠르게 자리를 바꿨다.

엽무백의 말이 이어졌다.

"나는 화무강처럼 다른 사람을 살리자고 내 목숨을 거는 어리석은 짓 따위는 하지 않는다. 하지만 약속은 반드시 지키지. 삼 장 안으로는 어떤 적도 들어오질 못하게 하겠다. 살고 싶으면 내 곁에서 떨어지지 마라."

쑤애애액!

귀청을 찢는 파공성이 전방으로부터 들려왔다.

엽무백의 신형이 달리는 마상에서 전방을 향해 빗살처럼 쏘아진 것도 동시였다. 체공 중에 그의 두 자루 왜검이 허공에 검막을 만들었다. 눈 깜짝할 사이에 무형의 방패가 만들어졌다.

따다다다당!

콩 볶는 소리와 함께 화살의 잔해가 사방으로 튕겨 나갔다. 그제야 지면으로 떨어진 엽무백의 상체가 전방을 향해 착 가라앉았다. 달리는 말에서 딱 열 걸음 떨어진 거리. 착지와 동시에 질풍과도 같은 속도로 달려나가는 동안 쌍검이 또다시 작렬했다.

까깡깡! 까까까까까깡!

전후좌우의 허공을 향해 난상으로 휘두르는데 맹렬한 금속성이 쉬지 않고 울렸다. 조원원과 진자강의 눈에는 적은커녕 적의 병장기도 보이질 않았다.

하지만 피가 훅 터져 나와 두 사람의 옷과 얼굴에 낭자하게 뿌려지는 걸로 보아 적은 분명히 존재했다. 이처럼 가까운 거리에서 활을 쏘고 검초를 뿌려대는데도 신형은커녕 기척조차 드러내지 않는 적들이나, 그걸 귀신같이 찾아내 도륙하는 엽무백이나 보통 인간이 아니었다.

조원원과 진자강의 눈에는 모두가 다른 세상에서 온 괴물들로 보였다. 두 사람은 등이 축축하게 젖어들었다.

"조원원, 후방에 적!"

엽무백의 일갈이 터졌다.

조원원은 뒷목이 서늘해지는 것을 느끼며 상체를 벼락처럼 뒤로 꺾었다. 동시에 허리에 매어둔 요대를 잡아 뜯었다. 요대는 순식간에 괴이한 신광을 뿌리는 연검(軟劍)으로 변했다.

전대 해월루주의 독문병기이자 오래전에 자취를 감춘 강호 십대보검, 사망신검(死亡神劍)이 등장하는 순간이었다.

사망신검이 천중을 갈랐다.

싸아악!

요사스런 살음.

그녀의 머리 위를 흐르던 무언가가 여지없이 갈라졌다. 그것이 적의 배라는 건 분수처럼 쏟아지는 피를 맞고 나서야 보인 형체 때문이었다.

조원원은 상체를 꺾던 자세 그대로 미끄러져 말의 옆구리에 착 달라붙었다. 좀 전까지 그녀의 상체가 있던 마상의 공간으로 시커먼 칼날 두 개가 차례로 지나갔다.

질풍처럼 솟구치며 또다시 사망신검을 휘둘렀다.

싸악! 싸아악!

보검의 기세를 느낀 두 개의 칼날이 급박하게 방향을 꺾었다. 까라랑! 사망신검은 살아 있는 뱀처럼 도신을 타고 넘으며 주인의 손목을 핥았다. 단지 핥는 것만으로도 핏물이 터졌다.

눈 깜짝할 사이에 세 명을 처치했다.

어찌어찌하여 퇴치하기는 했지만 적은 아직도 보이지 않았다. 조원원은 머리끝이 쭈뼛 곤두섰다. 말로만 들었던 철갑귀마대가 이렇게 무서운 사람들일 줄이야.

"방심은 금물!"

전방에서 적들을 도륙하며 달리던 엽무백이 소리쳤다.

그 순간, 좌방에서 벼락처럼 쇄도해 오는 시커먼 칼끝 대여섯 개가 보였다. 조원원과 진자강을 동시에 노리는 것이다. 그게 끝이 아니었다. 오른쪽, 빛살처럼 빠르게 지나가는 나무 몇 그루가 전부인 강변과 자신들 사이의 공간 숲에서 마찬가지로 대여섯 개의 칼끝이 보였다.

정확한 숫자도 모르겠다.

너무나 빨라 인지할 수가 없다.

"조심해!"

조원원이 찢어져라 외치며 사망신검을 휘둘렀다.

하나를 상대하기도 벅찬데 십여 개를, 그것도 좌우에서 동시에 날아드는 걸 어떻게 해야 하나. 조원원은 정신이 아득해졌다. 그 순간, 전방으로부터 예사롭지 않은 파공성이 울렸다.

파파파파파파파파팟!

엽무백이 혼전 중에 몸을 꺾어 뿌린 투골저였다.

맹렬한 금속성이 뒤를 이었다.

따따다다다다당!

등왕각에서 일저일살(一箸一殺)의 위력을 자랑했던 투골저가 철갑귀마대에게는 겨우 세 명을 쓰러뜨리는 데 그쳤다. 이것이 철갑귀마대의 진정한 위력, 하지만 반전은 그다음에 벌어졌다.

엽무백의 신형이 갑자기 공중에서 급격하게 커진다 싶더니 조원원과 진자강을 중심으로 좌우방을 향해 벼락을 뿌렸다.

꾸르르릉!

'검강(劍罡)!'

놀란 조원원의 눈이 튀어나올 듯 커졌다.

동시에 두 사람을 향해 날아들던 적들이 살 맞은 새처럼 떨어졌다. 엽무백은 언제 착지를 하고, 언제 도약을 했는지 또다시 말에 올라 전방을 향해 폭풍처럼 질주하고 있었다. 삼장 안에만 있다면 보호해 주겠다는 약속을 지킨 것이다.

"괜찮아?"

엽무백이 돌아보지도 않고 물었다.

"무사해요!"

"저도요!"

"좋아. 이제 곧 수라멸진을 만날 것이다."

"좀 전의 공격이… 수라멸진이 아니었다고요?"

"각살(角殺)이야. 일종의 척후조인데 철갑귀마대에서 유일하게 철갑으로 무장하지 않은 살인귀들이지. 진을 펼칠 시간을 벌기 위해 잠룡옥이 술수를 쓴 것 같아. 앞쪽에 우리가 예상하지 못한 뭔가가 있는 것 같다."

엽무백의 예상이 맞아떨어졌다는 걸 깨닫는 데는 그리 오랜 시간이 걸리지 않았다. 숲이 끝나고 개활지가 나타나는 순간 일행은 말을 멈출 수밖에 없었다.

개활지는 겨울을 앞두고 농부들이 객토를 해놓은 들판과 그 들판 사이로 난 길이었다. 오른쪽은 시퍼렇게 흘러가는 강물, 왼쪽은 느닷없이 나타난 깎아지른 절벽, 전방은 철갑귀마대 삼백이 철벽처럼 버티고 서 있었다.

그게 끝이 아니었다.

엽무백 일행이 지나온 후방 숲이 들썩거리는가 싶더니 곧 엄청난 숫자의 말 탄 무인들을 토해내기 시작했다. 독소마녀가 해화방과 인근 무림방파의 고수들을 죄다 끌고 온 것이다.

"저 여우같은 년이 여기까지!"

조원원이 저도 모르게 버럭 소리를 질렀다.

무인들의 숫자는 기하급수적으로 늘어나는가 싶더니 순식간에 오백을 훌쩍 넘겼다. 앞쪽에는 철갑귀마대의 고수가 삼백, 후방에는 잡방의 무사들이 오백, 도합 팔백에 육박하는 적들에게 둘러싸인 셈이었다.

이렇게 되면 수라멸진의 양상도 달라지게 된다.

본시 수라멸진은 최대로 펼쳤을 경우 작은 산 하나를 둘러쌀 수 있도록 설계되었다. 지금은 그야말로 초옥을 둘러싼 것과도 같은 상황. 산 전체에 퍼질 힘을 하나로 모을 것이니 그 위력이 어떨지는 짐작하고도 남음이 있었다.

완벽한 외통수에 상상할 수 있는 최악의 상황!

"어떡하죠?"

조원원이 엽무백을 돌아보며 물었다.

"두렵나?"

"전혀요!"

조원원이 과도하게 목청을 높였다.

"긴장할 것 없어. 후방의 적들은 허수야. 진 속에 갇혀 허둥대면 모르되 전속력으로 달리면 결국엔 철갑귀마대만 상대하게 돼."

"철갑귀마대는 패배를 모르는 전투 귀신들이에요. 게다가 수라멸진은 지금껏 파해된 적이 없는 무적의 절진인데⋯⋯."

"두렵지 않다며?"

"두렵지 않은 것과 걱정하는 건 달라요."

"나와 동행한 걸 후회하나?"

"실패할 걸 알았다고 하더라도 난 당신을 따랐을 거예요. 많은 사람이 그렇게 죽었죠. 질 걸 알면서도 싸우고, 불가능할 걸 알면서도 달리고. 그들의 죽음이 저를 움직인 것처럼 오늘 저의 죽음은 또 다른 누군가를 움직이겠죠?"

"죽긴 누가 죽어."

"무슨 방도라도 있다는 건가요?"

"세상에 무적이란 없어. 방패가 있으면 그걸 뚫을 창도 있는 거야. 그러니 쓸데없이 앞서 가지 마. 난 여기서 죽으려고 개고생하고 온 게 아니니까."

두 사람이 철갑귀마대를 뚫고 앞으로 나섰다.

깊게 박힌 눈동자와 떡 벌어진 어깨에서 묵직한 위엄이 흘러나오는 자는 귀환도 금적무였다.

그리고 잠룡옥이 있었다.

닭 모가지 하나 비틀 힘도 없어 보이는 이십 줄의 청년, 만박노사의 총애를 등에 업고 무소불위의 권력을 휘두르는 뇌총의 떠오르는 신성이 바로 그였다.

"드디어 만났군."

이십여 장의 거리를 두고 금적무가 말했다.

옆 사람과 대화를 나누듯 차분한 음성이었지만 개활지에 모인 팔백 명의 무인 모두에게 또렷이 들렸다. 그의 내공이 범상치 않음을 말해주는 대목이었다.

"바쁘시구만."

엽무백이 조소를 담아 말했다.

"신도에 쥐새끼 한 마리가 산다는 소문은 들었지. 왜들 그렇게 호들갑을 떠나 했더니 제법 실력이 쓸 만하더군. 철갑귀마대를 움직일 만해."

"늙은이 개 노릇하기 어렵지 않아?"

"무슨 소리지?"

"네놈을 제거하는 게 어떻겠냐고 진작부터 삼공자에게 말했지. 그때마다 삼공자는 그러더군, 귀환도는 단순무식의 전범이라 신경 쓸 필요 없다고. 그보다는 놈을 개처럼 부리는 만박을 쳐야 한다고."

금적무의 얼굴이 누렇게 떴다.

삼백에 달하는 전투 귀신들을 제 손발처럼 부리는 수좌가 무식할 리 있나. 다만 금적무가 물불을 가리지 않는 폭급한 성정의 소유자인데다 철갑귀마대의 특성상 전략과 전술에 의존하기보다는 막강한 돌파력을 앞세워 적진을 쓸어버리는 방식을 선호하기에 그런 말들이 나돈 것이다.

　당사자인 금적무는 이 말을 극도로 싫어했다.

　무식하다는데 기분 좋은 사람은 없다.

　"약속하건대 네놈의 주둥아리를 잘라 잘근잘근 씹어 먹어 주마."

　"돌대가리가 비상한 만박의 주구 노릇을 하려면 머리깨나 아플 것 같아서 하는 말이지. 아닌가? 머리가 아픈 건 만박 쪽인가?"

　"저 호로새끼를 그냥……!"

　분기탱천한 금적무가 금방이라도 귀환도를 뽑아 들고 달려나오려 했다. 잠룡옥이 손을 들어 그를 막아섰다.

　"제가 상대하겠습니다."

　잠룡옥은 이어 엽무백을 향해 말했다.

　"삼공자와의 관계는 인정하는 거요?"

　"알고 왔으면서 웬 수작질이야?"

　"그렇게 나오면 대화가 쉽긴 하지. 단도직입적으로 말하겠소. 우리와 한 배를 타지 않겠소? 당신 정도의 솜씨면 대주 자리 정도는 내 선에서도 만들어줄 수 있지."

금적무가 눈알을 뒤집으며 잠룡옥을 돌아보았다.

이런 얘기는 애초에 없었던 것이다.

놈을 잡으면 주둥아리를 잘라 잘근잘근 씹어 먹을 생각을 하고 있었는데 이 무슨 개 같은 경우란 말인가. 필시 뇌총이 자신을 빼놓고 무언가 일을 진행하고 있는 모양이었다. 게다가 대주 자리 정도라니……

"잠룡옥의 권세가 하늘을 찌른다더니 그 말이 사실인 모양이군."

"나 같은 소졸이야 총주의 명을 받들 뿐이지. 하지만 이 충복의 간청을 뿌리치지 않으실 거라 믿소."

"칠공자가 신교를 먹었다고 들었는데 이제 보니 만박이 먹은 모양이군."

"일인지하만인지상(一人之下万人之上)이라는 말도 있지 않겠소."

"팔마궁의 궁주들도 그렇게 생각할까?"

칠공자가 교주가 되었지만 아직도 많은 난관이 있다. 그를 교주의 권좌에 올려놓는 데 결정적인 공을 세운 팔마궁의 궁주들은 그에 상응하는 보상을 원할 것이다.

이미 천하 상권의 대부분을 거머쥔 그들이니 보상은 재물이 될 수 없다. 그들은 당연히 권력을 원한다. 처음엔 칠공자가 지닌 권력을 나눠 가지려 하다가 나중엔 칠공자를 제거하고 그들이 권좌를 차지하려 들 게 분명했다.

그것이 권력의 속성이다.

당연하게도 칠공자는 그럴 생각이 없다.

팔마궁에 대해 누구보다 잘 아는 그는 우선 교의 세력들을 차근차근 장악해 가다가 종국에 이르러 팔마궁을 제거하려 들 것이다.

만박이 선봉에 설 것은 분명했다.

그때를 대비하기 위해 만박은 고수들을 모으고 있었다. 엽무백이 바로 그 지점을 정확히 건드렸다.

잠룡옥은 순순히 인정했다.

"그 말을 들으니 더욱 욕심이 나는군."

"황벽도를 그 지경으로 만들었는데도?"

"그까짓 황벽도쯤이야 열 번을 쓸어버린들 어떻소. 그렇다고 황금이 바닷속으로 가라앉는 것도 아니잖소."

"내가 죽였지만, 죽은 사람들이 불쌍하군."

"큰 그림을 그리다 보면 사소한 것들의 희생은 어쩔 수 없는 것이지. 안 그렇소."

"그래서 난 네놈들이 싫어. 네놈들을 보고 있으면 술맛부터 떨어지거든. 유일하게 사람 냄새나는 놈이 삼공자였는데… 죽어서 아쉽군."

"십봉룡이 권좌를 두고 전쟁을 벌였지만 그들에겐 누구도 부정할 수 없는 공통된 목적과 명분이 있었소. 신교의 사직을 공고히 하는 것. 누구보다 삼공자께서 그러셨지."

"내가 누군지는 알고 있어?"

엽무백의 목소리가 좀 전과 달리 착 가라앉았다.

잠룡옥은 한순간 온몸을 관통하고 지나가는 정체 모를 한기를 느꼈다. 상대에 대해 아는 게 적다는 것은 분명 지자로서 수치다. 싸움의 기본도 모르는 행태다.

하지만 전쟁은 모든 적을 알아야만 할 수 있는 건 아니다. 지금의 싸움은 전쟁의 막바지에 이르러 적군과 아군을 선별하고 잔당을 제거하기 위한 일종의 청소다. 비록 그 잔당의 저항이 예상했던 것보다 강하다고 할지라도.

"참, 산동오살이 죽었는데 알고 있나?"

"……!"

"……!"

잠룡옥과 금적무의 표정이 급격하게 식었다.

산동오살…… 동지이면서 경쟁 상대이기도 한 그들이었지만 실력만큼은 엄지를 추켜세울 정도로 뛰어났다.

십여 년 전 신교로 들어와 만박노사의 숨은 칼로 활동하며 수많은 정적을 제거한 중원제일의 살수 다섯 명이 그렇게 쉽게 죽어버리다니.

"가서 만박이든 칠공자에게든 전해라. 추격대는 얼마든지 보내도 좋다. 하지만 살아서 돌아가는 놈들은 많지 않을 것이다."

"굳이 벌주를 택하겠다면 어쩔 수 없지."

잠룡옥이 금적무에게 고개를 끄덕이고는 물러났다. 금적무를 필두로 철갑귀마대의 고수들이 일제히 대월도를 뽑아 들었다. 동시에 좌우로 바람처럼 퍼지면서 엽무백 일행을 겹겹이 에워쌌다.

눈 깜짝할 사이에 은빛 갑옷으로 무장한 삼백여 필의 말과 사람이 병풍처럼 둘러치자 그 압박감은 이루 말할 수가 없었다.

때를 맞춰 후방을 점하고 있던 해화방과 여타 방파의 무사들도 병장기를 뽑아 들면서 개활지는 일순한 살벌한 전장으로 돌변해 버렸다.

엽무백과 진자강, 조원원도 병장기를 뽑아 들고 대치했다. 이제부터 펼쳐질 전투는 지금까지 겪은 그 어떤 싸움과도 비교할 수 없을 만큼 처절할 것이다.

"내가 했던 말 기억하겠지?"

엽무백이 말했다.

조원원과 진자강이 상기된 표정으로 엽무백을 보았다. 이번에도 삼 장 안에 있으면 지켜주겠다는 말일까?

"이 장으로 정정한다."

이 장이면 동료를 상하게 하지 않고 검을 휘두를 수 있는 최소한의 거리다. 한마디로 자신의 검권 안에 있으라는 소리다. 그래도 지켜주겠다는 말이 어디인가. 조원원과 진자강은 가슴이 벅차올랐다.

엽무백이 고삐를 틀어쥐었다.

살기를 감지한 말들이 사방에서 투레질을 해댔다. 일촉즉발의 순간, 느닷없이 폭풍전야의 고요를 깨는 소리가 있었다.

따각 따각 따각.

사람들이 일제히 소리가 난 곳으로 고개를 꺾었다. 철갑귀마대가 있는 뒤쪽 개활지에서 한 사람이 말을 타고 오는 중이었다.

서른 살이나 되었을까?

척 보기에도 예사롭지 않은 근육에 우귀사신을 연상케 할 만큼 험악한 인상을 지닌 육 척 장신의 사내였다. 푸른색 관복을 입고 가죽으로 만든 요대를 찼는데, 요대엔 포승과 두 자루의 장곤이 대롱대롱 매달려 있었다.

관아에 몸담은 자라면 바보는 아닐 터, 한데 그의 행동은 너무나 멍청하고 바보스러웠다. 칼을 뽑아 든 무림인들이 살벌하게 대치하고 있는 형국을 보면서도 태연히 걸어오고 있지 않은가.

"저건 또 뭐야?"

엽무백이 철갑귀마대 너머로 시선을 던지며 말했다.

"포쾌 같은데요."

조원원이 목을 쭉 빼고 말했다.

"인상 한번 더럽네요."

진자강이 말했다.

"이리로 지나갈 모양인데요."

조원원이 말했다.

과연 그럴 모양이었다.

포쾌는 철갑귀마대가 길을 막고 섰건 말건 태연히 걸어왔다.

이 무슨 말도 안 되는 상황이란 말인가.

철갑귀마대가 그냥 통과시킬 리 없었다.

"지금 뭐 하자는 수작이야?"

가까이 있던 철갑귀마대의 고수 하나가 포쾌를 막아서며 버럭 소리를 질렀다.

"사람 다니는 길 사람이 지나가겠다는데 무슨 문제라도 있소?"

"다른 길로 돌아가라."

"니미럴, 이 길 당신들이 닦았어?"

포쾌가 입술을 씰룩이며 인상을 썼다.

안 그래도 흉악한 얼굴이 더욱 살벌해졌다.

"어느 관아에서 나온 포쾌인가?"

뭔가 이상하다는 것을 느낀 철갑귀마대의 고수가 착 가라앉은 음성으로 물었다.

"양민이 관인에게 검문을 하다니, 검문은 이렇게 하는 거야. 국법이 지엄하거늘, 네놈들은 대관절 무엇이관데 백주에 고철을 뒤집어쓰고 칼부림을 하려는 게뇨?"

"이런 미친!"

대노한 철갑귀마대의 고수가 진작부터 뽑아 들고 있던 대도를 바람처럼 휘둘렀다. 단칼에 포쾌의 목을 날려 버릴 심산이었다. 하지만 이어지는 상황은 정반대였다.

포쾌의 육중한 몸이 포탄처럼 솟구쳤다.

동시에 이어지는 타격음.

까깡!

눈 깜짝할 사이에 포쾌는 허리춤에 매단 장곤을 뽑아 자신을 막아선 상대의 투구를 찌그러뜨려 버렸다. 강철 투구가 찌그러졌는데 머리통이 무사할 리 있나.

헛되이 허공을 베고 떨어지는 철갑귀마대의 투구 사이로 검붉은 핏물이 주르륵 흘러내렸다. 개개인이 절정의 무위를 자랑한다는 철갑귀마대의 고수는 그렇게 허무하게 죽어버렸다.

"포쾌가 아니다!"

"죽여라!"

곳곳에서 일갈이 터져 나왔다.

근처에 있던 철갑귀마대의 고수들 대여섯 명이 득달같이 달려들었다. 시퍼런 예광을 번뜩이는 대도가 포쾌를 향해 질풍처럼 쇄도했다.

"광택이, 이번엔 쇠맛 좀 볼까?"

포쾌의 신형이 다시 한 번 허공으로 쭉 솟구쳤다.

그 어떤 예비동작도 없이 일 장이나 뛰어 오른 포쾌는 겁도 없이 수라멸진에 뛰어들어 두 자루 장곤을 팔방풍우로 휘둘러댔다.

따당땅땅땅!

맹렬한 금속성이 요란하게 울렸다.

사람들은 포쾌의 손에 들린 장곤이 강철로 만들어진 것임을 뒤늦게 알았다. 이어지는 포쾌의 신력은 사람들의 입을 쩍 벌어지게 만들었다.

그는 엄청난 속도와 괴력의 소유자였다.

그 어떤 방향에서 날아오는 칼도 그의 옷자락 하나 건드리지 못했다. 오히려 철곤을 무차별적으로 휘둘러 칼을 부러뜨리고, 한철을 두들겨 만든 투구와 갑옷을 찌그러뜨렸다.

땅땅 소리가 요란하게 울리길 한참 철갑귀마대의 고수 대여섯 명이 머리통이 터져 죽었다. 그 바람에 수라멸진의 한 축이 무너지고 있었다.

어떤 정교한 초식도 무용지물로 만들어 버리는 압도적인 힘과 속도에 철갑귀마대의 대주 금적무는 인상을 있는 대로 찡그렸다.

"일조, 놈을 죽여라!"

금적무가 발작적으로 소리쳤다.

일조의 무사 이십여 명이 포쾌 하나를 잡기 위해 달려들었다. 초승달처럼 휘어진 대월도가 칼날을 번뜩이며 포쾌를 노렸다.

"망할 놈의 고철 덩어리들, 다 찌그러뜨려 주겠다!"

포쾌는 오히려 일성을 터뜨리며 적들을 향해 마주 달려갔다. 한순간, 허공으로 솟구친 그의 머리 위에서 두 자루 장곤이 난사하기 시작했다. 장내는 일순간 난장판이 되어버렸다.

"지금이야!"

엽무백이 일성을 내지르며 말을 달렸다.

조원원과 진자강이 뒤를 이었다.

"뒤를 돌아보지 말고 달려!"

엽무백은 한마디를 흘려놓고 달리는 마상에서 허공으로 솟구쳤다. 십여 장 정도를 단숨에 날아간 그는 앞을 막아서는 철갑귀마대의 고수들을 향해 쌍검을 무차별적으로 휘둘렀다.

쩌걱! 쩍쩍쩍!

진기가 실린 칼질에 한철로 만들어진 갑옷이 종잇장처럼 찢겼다. 부나방처럼 달려들던 선두의 고수 다섯 명이 피보라를 뿌리며 쓰러졌다.

주인 잃은 말이 미쳐 날뛰고, 죽은 자들이 말발굽에 채였다. 후미의 적들이 다시 대월도를 휘두르면서 이쪽에도 난장판이 연출되었다.

엽무백은 압도적인 무력으로 막아서는 적들을 베어 넘어뜨리는 한편 조원원과 진자강을 인도했다. 참혹한 비명이 연달아 울리고 피가 사방으로 튀어 올랐다.

바깥쪽에선 정체 모를 포쾌가 무시무시한 위력으로 철갑귀마대의 고수들을 때려잡고, 안쪽에선 엽무백이 흡사 악귀의 현신이라도 되는 것처럼 적들을 찢어발기고 있다.

철갑귀마대가 불사의 귀신들이 아닌 이상 허둥댈 수밖에 없었다. 수라멸진이 제 위력을 발휘하기는커녕 단 두 명의 괴수에 의해 갈가리 찢어지고 있었다.

대노한 금적무는 안쪽과 바깥쪽을 번갈아 살폈다.

어느 쪽을 먼저 쳐야 할지 선뜻 판단하기 어려웠다. 놈을 잡자니 단 한 번도 뚫린 적 없는 수라멸진이 뚫린 판이고, 포쾌를 잡자니 놈을 놓칠 판이다.

그때, 잠룡옥이 소리쳤다.

"우리의 목적이 십병귀였다는 걸 잊지 마시오!"

이 한마디에 금적무는 갈등을 끝냈다.

그는 철갑귀마대의 대주, 수라멸진에 관해서라면 그보다 더 잘 아는 사람이 없다. 그런 그에게 감히 일개 지자 따위가 명령을 하다니, 이건 번데기 앞에서 주름을 잡겠다는 게 아닌가.

금적무는 포쾌를 향해 달려갔다.

잠룡옥은 얼굴을 있는 대로 찌푸렸다.

자신은 상황을 상기시켰을 뿐인데 저 단순무식한 인사는 자존심을 앞세워 대사를 그르치고 있었다.

그때쯤 포쾌의 면전에 떨어져 내린 금적무는 귀환도로 상대의 허리를 양단해 갔다. 착지와 더불어 전방을 길게 가르는 이 수법의 이름은 와설포승(蛙舌捕蠅), 개구리의 혀가 파리를 감아 삼킨다는 우스꽝스러운 이름과 달리 그 위력은 실로 무시무시했다.

꽈앙!

포쾌가 좌곤을 바닥에 쿵 찍어 금적무의 귀환도를 가까스로 막아냈다. 충격파가 대기를 떵떵 울릴 정도로 위력적이었다. 칠성의 공력을 쏟아부은 이 일격을 상대가 막아낼 줄 몰랐던 금적무는 눈썹이 사방으로 솟구쳤다.

당연하게도 그의 공격은 거기서 그치지 않았다.

요란한 파공성이 울렸다.

현란한 도초가 빗살처럼 빠른 속도로 전방을 쓸어갔다. 압도적인 무위를 앞세워 무서운 속도로 몰아붙이던 포쾌가 처음으로 걸음을 멈추었다.

두 자루의 장곤과 한 자루의 칼이 허공에서 난상으로 얽히기 시작했다. 흡사 수십 개의 쇠몽둥이가 범종을 두들기는 듯한 소리가 연속적으로 울렸다.

떠더더더덩!

칼과 철곤은 범종이 될 수 없다.

그런데도 범종을 두들기는 듯한 소리가 나는 것은 두 사람이 병기에 내력을 잔뜩 담아냈기 때문이다. 병기와 병기의 충돌은 내력과 내력의 충돌이었다. 그리고 놀랍게도 우열을 가릴 수 없을 만큼 팽팽하게 대치했다.

철갑귀마대주 금적무를 상대로 동수를 이룰 정도의 고강한 고수는 신교에서도 그리 많지 않았다. 금적무는 눈알이 뒤집어질 것처럼 놀랐다.

포쾌를 선택한 금적무의 판단은 결과적으로 실패였다.

상대를 단숨에 처리하고 엽무백을 잡으려 했던 애초의 생각과 달리 포쾌에게 발이 묶여 버렸다. 진의 축을 담당해야 할 그가 엉뚱한 곳에서 힘과 시간을 소비하는 바람에 수라멸진은 제 위력을 발휘하지 못했다.

위력이 약해져도 수라멸진은 수라멸진이었다.

초전에 잠시 혼란을 겪은 철갑귀마대는 일사불란하게 흩어지고 모여 기어이 수라멸진 속에 엽무백 일행을 가두었다. 이어 시퍼런 병장기들이 좀 전과는 비교도 할 수 없을 만큼 빠르고 효율적으로 엽무백을 난도질해 왔다.

수라멸진은 마방진(魔方陣)을 모태로 한다.

전후좌우의 무인들을 합친 수가 십오. 이 숫자는 어떻게 해도 변하지 않는다. 일단 진 속에 갇히면 그 어떤 방향으로 활로를 모색해도, 제아무리 적을 죽이고 뚫고 나가려 해도 항상 십오 명의 적과 만난다.

수라멸진은 거기에 검진을 이루는 무인들의 무공 수위, 속도, 진의 흐름에 고도로 복잡한 차등을 두어 더욱 정교하고 위험하게 만들어졌다.

놈들이 대월도에 이어 돌격창을 찌르기 시작했다.

장병과 단병이 무시로 날아들어 엽무백을 괴롭혔다.

이런 식의 공격에서 가장 난감한 것은 적과의 거리를 정확히 잴 수 없다는 것이다. 근접전을 치르려 하면 일 장 밖에서 돌격창이 쑥 들어오고, 그 돌격창을 든 자를 향해 신형을 쏘려면 이번엔 좌우방에서 대월도가 몸을 베고 지나간다.

병기의 주인은 형체를 알 수 없다.

은형술이 아니다.

미처 형체를 파악하기도 전에 사람이 바뀌어 버리기 때문에 적의 존재를 인지하고 나면 이미 늦다. 그저 이 종의 길고 짧은 병기만이 살아 있는 생물처럼 번갈아 날아들어 온몸을 노릴 뿐이었다.

조원원과 진자강은 소름이 끼쳤다.

수라멸진의 위력이 이 정도일 줄은 꿈에도 몰랐다.

죽어도 곱게 죽지 못할 것 같았다. 죽고 나면 온몸이 난자당해 있을 것 같았다. 그나마 아직까지 목이 붙어 있는 건 위기의 순간마다 엽무백이 귀신같은 움직임으로 적의 손목을 뎅겅뎅겅 잘라 버렸기 때문이었다. 이 장 안에 있으면 반드시 지켜주겠다는 약속을 그는 어김없이 지키고 있었다.

소름 끼치는 비명이 난무하고 누구의 것인지도 모를 피가 온몸을 흠뻑 적셨다. 적들은 전혀 줄어들지 않았다. 오히려 공세의 고삐를 더욱 죄었다.

빗살처럼 움직이는 엽무백조차도 목이 아닌 손목만 자를 정도로 교차하는 병기의 흐름은 빨랐다. 그러나, 그럼에도 불구하고 엽무백은 이 장 안에 있으면 반드시 지켜주겠다는 약

속을 지키고 있었다.

때문에 조원원과 진자강은 살아남기 위해서라도 그의 곁에 찰싹 달라붙는 수밖에 없었다. 그러면 그럴수록 자신들의 무공이 얼마나 보잘것없는지 절절하게 깨달았다. 구사일생으로 살아남는다면 반드시 피나는 수련을 하리라.

"계집과 아이를 먼저 죽여라!"

인의 장벽 바깥쪽에서 잠룡옥의 목소리가 들렸다.

동시에 철갑귀마대의 고수들이 조원원과 진자강을 집중적으로 노리기 시작했다. 상황이 상황이니만큼 명령체계를 따질 때가 아닌 것이다.

엽무백의 눈동자가 착 가라앉았다.

대저 진법은 보이는 것뿐만 아니라 보이지 않는 무형(無形)의 힘도 살필 수 있어야 한다. 보이지 않되 분명히 존재하는 것을 상(象)이라 하고 그것을 객관적인 실체로 만들어낸 것을 수(數)라고 한다.

진법은 수의 정화다.

수를 알면 진법의 흐름을 알 수 있고 급소를 알 수 있다. 급소를 파괴하면 수라멸진을 무너뜨리는 것도 가능하다. 지금의 급소는 절벽 쪽이다. 절벽 쪽을 치면 힘의 집중을 유도하게 되고 반대급부로 강변 쪽에 틈이 만들어진다. 미세한 틈이겠지만 무서운 돌파력으로 뚫고 가면 충분히 활로를 만들 수 있다.

"이봐, 절벽 쪽을 치라고!"

엽무백이 정체불명의 포쾌를 향해 소리쳤다.

하지만 포쾌는 금적무와 싸우느라 정신이 없었다.

마치 금적무가 불구대천의 원수라도 되는 양, 다른 적은 일절 돌아보지도 않고 오직 금적무만 노렸다. 금적무는 '뭐 이런 찰거머리 같은 놈이 있느냐?' 라는 얼굴로 귀환도를 휘둘러댔다. 단칼에 포쾌를 죽이고 엽무백을 잡을 요량이었던 금적무가 엉뚱하게 발목을 잡혀 시간을 허비하고 있는 셈이다.

"내 말 안 들려!"

엽무백이 쩌렁하게 외쳤다.

안 들리는 것 같다.

포쾌는 눈동자에 광기까지 도는 것이 완전히 무아지경에 빠져 있었다. 화가 머리끝까지 난 금적무가 왼손엔 돌격창을, 오른손엔 귀환도를 들고 포쾌를 압박해 갔다. 엽무백을 잡겠다는 생각을 버리고 포쾌와 끝을 보기로 결심한 것이다.

그때부터 싸움의 양상이 바뀌었다.

한 사람의 손에서 펼쳐지는 장병과 단병의 귀신같은 조화에 포쾌가 조금씩 밀리기 시작했다. '어어' 하는 순간 목숨을 걱정해야 할 지경까지 놓였다.

"저런 멍청한!"

결단을 내려야 했다.

엽무백은 극심한 내력의 소모를 감수하고 진각(震脚)을 밟았다.

꾸앙!

지진이라도 난 것처럼 땅이 크게 흔들렸다.

벌떼처럼 날아들던 철갑귀마대의 고수들이 한순간 중심을 잃고 흔들렸다. 그 순간 엽무백의 신형이 삼 장 높이로 솟구쳤다. 그의 머리 위로 솟구쳤던 두 자루의 검이 무서운 속도로 떨어져 내렸다.

쫘과과과광!

굉음과 함께 두 줄기의 길쭉한 벼락이 벌떼처럼 몰려들던 적 수십 명을 쪼개고 지지며 뻗어나갔다. 그 궤적의 끝에 포쾌를 상대로 악전고투를 펼치고 있는 금적무의 등이 있었다.

대경실색한 금적무가 질풍처럼 돌아서며 귀환도를 휘둘렀다. 엽무백의 쌍검에서 뻗어나간 벼락과 귀환도에 실린 금적무의 내공이 허공에서 정면으로 충돌했다.

꾸꽝!

엄청난 굉음과 함께 벼락의 경파가 대기를 뒤흔들었다.

고막이 터져 나갈 듯한 충격에 혼전을 벌이고 있던 모든 사람이 일시에 동작을 멈추고 진기를 끌어올리기 바빴다. 그 순간, 포쾌의 철곤이 금적무의 옆구리를 파고들었다.

땅!

"헉!"

둔중한 타격음과 함께 금적무가 중심을 잃고 기울었다. 뒤쪽으로 빠져나갔던 철곤이 이번엔 금적무의 머리 위에서 떨어졌다.

따앙!

갑옷이 찌그러지는 소리와 금적무의 왼쪽 어깨가 무너져 내렸다. 절체절명의 순간 상체를 비틀지 않았다면 어깨가 아니라 머리통이 터져 나갔을 것이다.

엽무백의 벼락이 길을 열고 포쾌의 철곤이 금적무라는 문을 부수었다. 엽무백이 조원원과 진자강을 데리고 그 사이를 질풍처럼 빠져나가고 있었다. 한 번도 뚫린 적이 없다는 수라멸진의 역사가 새로 쓰이는 순간이었다.

"이봐! 같이 가자고!"

포쾌가 철곤으로 금적무를 두들기다 말고 아무 말이나 잡아채고는 엽무백이 간 길을 따라 미친 듯이 달리기 시작했다.

第十章 곤왕(棍王) 법공

흥분한 말들은 강변을 미친 듯이 질주했다.

조원원이 전한 대로 엽무백은 무작정 노을을 등지고 달렸다. 뒤에는 조원원과 진자강, 그리고 정체 모를 포쾌가 차례로 따랐다.

분기탱천한 철갑귀마대와 해화방의 고수들은 크게 날개를 벌린 상태에서 들불처럼 달려왔다. 머리 위 창공에선 천웅이 찰거머리처럼 따라붙으며 마인들에게 자신들의 위치를 알려주고 있었다. 이런 상황에서 따라잡히면 일다경 안에 제이, 제삼의 수라멸진이 만들어질 것이다.

한 번은 뚫었지만 두 번은 힘들다.

마지막 순간 검강을 뽑아내느라 진기를 과도하게 소모한 탓이다. 인간의 몸이 피와 살로 이루어진 이상 무한정 진기를 뽑아낼 수는 없다.

얼마나 달렸을까?

느닷없이 광활한 갈대밭이 나타났다.

길은 갈대밭을 피해 북쪽으로 달리고 있었다.

엽무백이 문득 말을 멈추고 좌우를 살폈다.

"돌아가야 해요."

조원원이 말했다.

혼전을 치르느라 피를 흠뻑 뒤집어쓴 터였다.

갈대밭은 위험하다는 뜻이다.

갈대는 물기가 많은 땅에서 자라니 말을 달릴 수가 없고, 자칫 길이라도 잃고 헤맸다간 적에게 포위되기 십상이다. 갈대가 높이 자라 이쪽은 적을 볼 수 없는 반면, 적은 천응을 통해 이쪽의 움직임을 훤하게 읽을 수 있다.

갈대밭으로 들어가는 건 자살행위다.

엽무백은 대답은 않고 뒤를 돌아보았다.

한발 늦게 도착한 포쾌가 급하게 말 머리를 세웠다.

"뭐야?"

엽무백이 물었다.

"홍표라고 한다."

"그렇게 말하면 알 수가 있나."

"한때는 법공으로 불리던 시절이 있었지."

"중이었나?"

"그런 셈이지."

"제미곤을 제법 잘 돌리더군."

"눈썰미가 좋은걸. 제미곤을 알아보다니."

"소림사 출신인가?"

"허, 귀신이 따로 없군."

"십팔나한(十八羅漢) 중에 제미곤을 귀신같이 다루는 승이 있었다더니 당신이군."

"이거 완전 손해인걸, 나는 당신에 대해 하나도 모르는데 당신은 나를 줄줄 꿰고 있으니 말이야."

"곤왕(棍王) 법공……!"

뒤늦게 한 사람의 별호가 떠오른 조원원의 표정이 딱딱하게 굳었다. 오로지 곤술 하나에만 매달려 불과 스물 몇 살의 나이에 곤에 관한 한 소림에서조차 적수를 찾을 수 없었다는 제미곤의 신동. 곤은 소림이 제일이니 곧 천하제일곤이라 불러도 손색이 없는 무승이 바로 법공이었다.

느닷없이 나타난 정체불명의 고수가 곤왕일 줄이야.

조원원은 재빨리 포권지례를 올렸다.

나이를 떠나 상대는 태산북두 소림의 생존자. 마땅히 예를 갖추는 것이 도리였다.

"해월루의 조원원이에요. 여기서 소림의 신성을 뵙게 될 줄이야."

"해월루? 진정 소저께서 해월루의 전인이시오?"

"그렇습니다."

"오오, 이렇게 반가울 데가!"

법공은 금방이라도 말에서 뛰어내려 조원원을 껴안고 싶지만 그러지 못하는 것이 아쉽다는 얼굴이었다.

"이 아이는 진세기 대협의 일점혈육입니다."

조원원이 진자강을 가리켰다.

"진자강입니다."

진자강이 포권지례를 올렸다.

법공의 눈이 튀어나올 듯 커졌다.

"네가 진정… 진 대협의 혈육이란 말이더냐?"

"저는 잘 모르겠는데, 사람들이 그렇다고 하네요."

"이럴 수가……!"

진자강을 바라보는 법공의 눈동자에 더없는 애정이 담겼다. 패도는 수많은 정도무림인들의 가슴속에 뜨겁게 새겨진 무인의 표상. 대의를 좇느라 일족을 모두 잃었다고 들은 그의 혈육이 나타났는데 어찌 가슴이 뛰지 않으리오.

법공은 닭똥 같은 눈물을 뚝뚝 흘렸다.

근육으로 똘똘 뭉친 육 척 장신에 마적 수괴를 찜 쪄 먹을 험악한 인상의 소유자인 그가 이렇게 눈물을 흘릴 줄이야…… 진자강은 크게 당황했다.

조원원은 가슴이 벅차 올랐다.

바로 이런 것이다. 이런 것 때문에 엽무백을 따라 있을지 없을지도 모르는 금사도를 찾아 나섰다. 그 순간, 따뜻하고 훈훈한 분위기에 엽무백이 찬물을 확 끼얹었다.

"계속 우리를 따라올 건가?"

"당연하지."

법공이 소매로 재빨리 눈물을 훔치며 말을 이었다.

"당신 소문은 들었지. 금사도로 간다며? 있을지 없을지 모르지만 까짓것 끝까지 한번 가보자고."

"난 왜 우리와 함께 가려는지 묻고 있다."

"왜라니? 하나보단 둘이 낫고, 둘보단 셋 넷이 낫지. 당연한 걸 묻고 그래."

"전혀 당연하지 않다. 지금은 당신이 활동하던 시절과 달라. 흩어지면 살고 뭉치면 죽어. 특히 당신 같은 독불장군은 좋은 동료가 될 수 없다."

엽무백이 서늘한 한기를 담아 법공을 노려보았다.

두 개의 칼끝이 자신을 노려보는 듯한 충격에 법공은 한순간 움찔했다. 그때쯤엔 대노한 적들이 오십여 장 바깥까지 달려오고 있었다. 보다 못한 조원원이 끼어들었다.

"저기……."

엽무백은 돌아보지도 않은 채 한 손을 들어 조원원의 입을 틀어막았다. 돌변한 엽무백의 기도에 조원원은 목구멍까지 올라온 말을 꿀떡 삼켰다.

"싸우는 동안 다른 소리를 듣지 못하더군. 놀라운 집중력이야. 한 개인으로선 분명 크게 될 자질이야. 하지만 동료들과 함께할 땐 반드시 곁을 돌아봐야 해. 안 그러면 당신에게 등을 내맡긴 사람이 죽을 수도 있으니까."

말을 끝낸 엽무백은 말을 버리고 갈대밭 속으로 뛰어들었다. 조원원과 진자강은 법공과 엽무백을 번갈아 보며 어찌할 바를 모르다가 결국엔 엽무백의 뒤를 따랐다.

홀로 남은 법공은 턱을 긁으며 중얼거렸다.

"당최 뭔 소리를 하는 건지."

조원원의 예상은 옳았다.

어른 키의 두 배를 훌쩍 넘기는 갈대로 말미암아 추격자들의 모습은 전혀 볼 수가 없었다. 하지만 적들은 자신들의 위치와 움직임을 훤히 꿰뚫고 있었다.

천공에 떠 있는 천응 때문이었다.

저놈을 제거하지 못하면 철갑귀마대를 따돌릴 수 없다. 한데도 엽무백은 무슨 생각을 하는지 쉴 새 없이 달렸다. 조원원과 진자강은 말도 못하고 엽무백의 뒤를 바짝 따라붙었다.

바닥이 푹푹 빠지는 진흙탕이었던 탓에 엽무백이 밟아 넘어뜨린 갈대가 다시 올라오기 전에 밟아야 했기 때문이다. 엽무백이 말을 버린 이유가 있었던 것이다.

"그렇게까지 할 필요 있었어요?"

달리는 와중에 조원원이 물었다.

"뭘?"

"곤왕을 버리고 온 거요."

"들었잖아."

"무슨 말을 하는 건지는 알아요. 하지만 곤왕은 팔마궁의 궁주들에게도 앞자리를 양보하지 않을 초절정의 고수예요. 그런 사람이 함께 한다면 분명 큰 도움이 될 거예요."

"팔마궁의 궁주들을 만나봤어?"

"그건 아니지만."

"신교엔 저런 놈이 구름처럼 많아."

"어쨌거나 셋보다는 넷이 낫다는 말은 맞잖아요."

"소림의 생존자라서 기뻐했던 게 아닌가?"

"곡해하지 말아요. 그런 뜻으로 한 말 아니니까."

"정색할 거 없어. 나도 욕심이 났던 건 사실이니까."

"그런데 왜 내쳤어요?"

그 순간 조원원은 우거진 갈대를 헤치고 달려오는 소리를 들을 수 있었다. 닭이 홰를 치는 듯한 소리가 들리길 한참 한 사람이 얼굴을 불쑥 내밀었다. 볼 때마다 움찔해지는 인상의 소유자 법공이었다.

"그가 올 줄 알고 있었어요?"

"저 얼굴을 봐. 어딜 봐서 내 말을 듣게 생겼어?"

그 순간, 일행이 달려가는 갈대밭 저편으로부터 시커먼 화염과 함께 곳곳에서 불덩이가 치솟기 시작했다. 마치 그물을 펼치듯 동시다발적으로 솟구친 불덩이는 바람을 타고 순식간에 거대한 화마로 돌변했다.

바람은 동북풍, 겨울을 앞둔 갈대는 바싹 말라 있었다. 일대는 삽시간에 불구덩이로 변해 버릴 것이다.

"돌아가야 해요."

조원원이 말했다.

"그러면 비선을 만날 수 없어."

"화마에 갇히면 병장기를 부딪쳐 볼 기회도 없이 몰살을 당할 거예요. 설마 후미에서 추격하는 적들이 전부라고 생각진 않겠죠? 마도천하예요. 적은 사방에 퍼져 있어요."

조원원은 적들이 불을 질렀다고 생각하는 모양이었다.

그럼에도 불구하고 엽무백은 고집을 꺾지 않았다.

그는 화마를 향해 더욱 속도를 냈다.

조원원은 자살하는 심정으로 따를 수밖에 없었다.

"복주에서 당신과 내가 만났던 일 생각나?"

달리는 와중에 엽무백이 말했다.

"……?"

"비선이 왜 노을을 등지고 달리라고 했을까? 그들은 이곳에 갈대밭이 있는 줄 몰랐을까? 남창의 비선인데 모를 리가 없겠지. 그때와 똑같아. 이건 신뢰의 문제야. 비선을 만나려면 그들을 믿어야 해."

"……!"

"예상이 틀리지 않는다면 내가 등왕각에서 시간을 끄는 동안 그들은 우리를 빼돌릴 방법을 모색했을 거야. 한번 믿어보자고."

무모하기 짝이 없는 생각인 것 같은데 이상하게 엽무백이 말을 하면 정말 그렇게 될 것 같다.

지금까지 그가 보여준 놀라운 능력 때문일까?

조원원은 아니라고 생각했다.

엽무백의 태도 때문이다.

겁이 없달까, 뻔뻔하달까.

엽무백은 어떤 경우에도 눈앞에 펼쳐진 난관을 뚫고 나갈 거라는 것에 대해 의심하는 법이 없다. 저 무모한 자신감은 도대체 어디서 나오는 걸까.

하지만 원숭이도 나무에서 미끄러질 때가 있는 법, 일행은 어느새 눈앞에 버티고 선 거대한 화마를 마주하고 섰다. 화마는 십여 장 밖에서 넘실대는데 그 열기는 이미 머리카락이 오그라들게 만들 만큼 뜨거웠다.

엽무백은 걸음을 멈추고 하늘을 올려다보았다.

천응이 백여 장 아래까지 내려와 있었다.

수라멸진의 포위망이 좁혀질수록 천응 또한 가까이 내려온다. 목표물의 위치를 보다 정확히 가르쳐 주기 위해서다. 그나마 불행 중 다행이라면 천응의 고도를 보고 적들이 얼마나 가까이 다가왔는지 알 수 있다는 점이었다.

그렇다고 해도 뾰족한 방법이 있는 것은 아니었다.

조원원과 진자강은 망연자실했다.

비선이 마지막이자 유일한 탈출구였는데, 비선은 나타나지도 않고 화마에 잡히거나 수라멸진에 갇혀 죽게 생겼다.

그때였다.

느닷없이 좌측 갈대숲으로부터 십여 명의 괴인이 튀어나왔다. 하나같이 진흙을 잔뜩 뒤집어쓴 터라 복장이며 얼굴을 알아볼 수가 없었다.

"다들 움직이지 마십시오."

낯선 사내의 음성.

말이 끝나기 무섭게 사람들이 갑자기 엽무백 일행을 향해 준비해 온 걸쭉한 흙탕물을 끼얹었다. 얼굴이며 옷이며 누가 누군지 분간이 가지 않을 만큼 흠뻑 뒤집어썼다. 때마침 도착한 법공도 부지불식간에 진흙을 뒤집어썼다.

　"한 명이 더 늘어났습니다."

　걸쭉한 사내의 목소리였다.

　법공을 말하는 것이다.

　애초에 엽무백과 조원원, 진자강만 생각했다가 법공이 나타나자 당황한 모양이었다.

　그들이 왜 당황했는지는 금방 알게 되었다.

　"삼 조를 이 조로 만든다."

　우두머리인 듯한 사내가 다시 엽무백을 돌아보며 말했다.

　"따라오십시오."

　엽무백 일행은 뒤돌아 볼 것 없이 사내를 따라갔다.

　나머지 십여 명은 두 갈래로 나뉘어 각기 다른 방향으로 달려갔다. 천웅을 속이기 위해 엽무백 일행을 흉내 내는 것이었다. 애초 열 명이었던 것은 세 갈래로 나누기 위함이었는데 엉뚱하게 법공이 가세하면서 두 갈래로 나뉜 모양이었다.

　하지만 천웅을 속이기에는 충분했다.

　느닷없이 목표물이 세 갈래로 흩어지자 천웅은 변화가 생겼다는 걸 알리기라도 하듯 '삐이!' 하고 울었다. 동시에 천중으로 높이 솟구쳐 크게 원을 그리며 배회했다.

진흙을 뒤집어쓴 사내는 화마가 넘실대는 갈대밭을 손바닥처럼 휘젓고 다녔다. 잠시 후 샛강이 나타났다. 사람들이 당도하는 순간 갈잎처럼 길쭉한 비조선 한 척이 기다렸다는 듯이 수면 위를 미끄러져 왔다.

"서두르십시오."

사내가 망설임없이 비조선에 올랐다.

뒤를 이어 엽무백 일행이 짚신에 담긴 달걀처럼 차례로 자리를 잡고 앉았다. 가장 무거운 법공이 맨 뒤에 앉다 보니 안 그래도 가벼운 비조선이 하늘을 향해 대가리를 쳐들었다.

그 상태로 비조선은 빠른 속도로 나아갔다.

그때쯤엔 샛강 좌우가 화마로 넘실댔다.

팔뚝이 비정상적으로 굵은 사공의 완력은 실로 경이로웠다. 가벼운 노질에도 비조선은 흡사 말이 달리는 것만큼이나 빠른 속도로 수면을 갈랐다. 그는 한 점의 망설임도 없이 샛강을 타고 화마 속을 헤쳐나갔다.

얼마나 달렸을까.

숨을 쉴 때마다 뜨거운 열기가 훅훅 빨려 들어왔다.

눈을 뜰 수가 없다.

불이 주변의 공기를 태우면서 숨을 쉬기도 힘들었다.

천만다행인 것은 아직까진 화마가 피부로 침투하지 못한

다는 것이었다.

얼굴이며 몸에 바른 진흙은 천웅의 눈을 속이는데도 도움이 되었지만 살을 익힐 듯한 열기를 차단하는데도 훌륭했다.

고개를 들어보니 천웅은 이제 까마득한 창공 위를 배회하고 있었다. 두 갈래로 흩어진 사람들의 거리가 그만큼 멀어진 것이다. 지금쯤 적들 역시 목표를 잃고 방황하고 있으리라.

미로처럼 뻗은 샛강을 타고 달린 지 한참, 비조선은 어느새 공강으로 접어들었다. 불길이 멀어지자 사위가 어둠에 휩싸였다는 걸 알 수 있었다.

그사이 해가 지고 밤이 찾아온 것이다.

비조선은 어둠이 내린 공강을 다시 빠른 속도로 미끄러져 갔다. 밤이 되면 제아무리 천웅이라고 해도 무용지물이 된다. 부엉이나 올빼미처럼 야행성이 아닌 탓에 아무것도 볼 수 없기 때문이었다.

저만큼 멀어지는 갈대밭은 세상을 집어삼킬 것처럼 거대한 화마로 변해 있었다. 화마는 모든 흔적을 없애줄 것이다. 수북하게 쌓이는 재는 발자국을 지워줄 것이고, 불길은 냄새를 태워줄 것이다.

완벽한 인멸이었다.

조원원은 문득 자신들의 역할을 대신해 다른 방향으로 달려갔던 사람들의 안부가 궁금해졌다.

"그들은 어떻게 되는 거죠?"

"염려 마십시오. 여긴 우리 손바닥 같은 곳이니까."

"여기?"

"파양호를 중심으로 한 주변의 수로는 미로처럼 복잡하기로 유명하지요. 삼대를 파양호에서 살아도 다 모를 만큼. 공강 일대의 갈대숲이 품은 수로는 그중 제일이지. 덕분에 해사방(海沙幇)은 중요한 염로(塩路) 한 곳을 잃었지요."

"불을 지른 게 당신들이었군."

엽무백이 말했다.

"꼬리를 자르려면 그 방법밖에 없었습니다."

사내가 말갛게 웃었다.

얼굴을 온통 진흙으로 바른 터라 보이는 거라곤 맑은 눈동자와 하얗게 부서지는 치아가 전부였다.

"가면을 쓰고 대화를 하자니 거북하군."

사내는 잠시 엽무백을 응시하더니 두 손으로 강물을 떠서 얼굴을 씻기 시작했다. 그러자 차고 깨끗한 얼굴이 드러났다. 새까만 눈동자, 굳게 다문 입술. 사내는 좀처럼 보기 어려운 빙기옥골(氷肌玉骨)의 미공자였다.

거기에 범접하기 어려운 기품이 있었다.

분명 많은 사람을 거느려 본 자였다.

느닷없는 미공자의 등장에 좌중이 찬물을 끼얹은 듯 고요해졌다. 사내가 물었다.

"당신 소문은 들었습니다. 황벽도와 매혈방을 피로 물들였다지요? 대살성이 나타났다고 벌써부터 강호가 들썩이고 있더군요."

"허명이오."

엽무백은 거침없이 평대를 했다.

"소문과는 많이 다르게 생기셨군요."

"소문엔 어떻기에."

"키는 칠 척에 육박하고 얼굴은 우귀사신(牛鬼蛇神)을 방불케 할 만큼 흉악하며, 고함을 지르면 천둥이 치는 것 같다고 하더군요."

엽무백은 대답 대신 맨 뒤쪽에 앉은 법공을 바라보았다. 우귀사신을 연상케 하는 용모와 흉성이라면 법공이 딱이 아닌가.

법공은 떨떠름한 표정을 지었다.

사내가 피식 웃더니 정중하게 포권지례를 했다.

"남창에 오신 걸 환영합니다. 남창 비선의 적주 남궁옥이라고 합니다."

"……!"

"……!"

"……!"

"……!"

엽무백, 조원원, 진자강, 그리고 법공의 얼굴이 한순간 얼어붙었다. 남궁옥, 비선의 모태이자 오대세가의 수좌를 자처했던 남궁세가의 소가주가 바로 남궁옥이었다.

남궁세가의 혈족들은 대별산(大別山) 전투에서 비마궁의 궁주가 이끄는 일천의 마병을 맞아 모두 장렬히 전사했다고 들었거늘 어찌하여 그가 살아 있단 말인가.

第十一章　몽중연(夢中淵)의 사람들

十兵鬼
십병귀

파양호는 바다다.

중원제일의 호수답게 호반을 따라 발달한 도시와 마을의 숫자는 헤아릴 수조차 없으며 호수에 담긴 물은 장강의 수위를 조절할 만큼 방대했다.

한때 이곳에 동정십팔채(洞庭十八寨)와 쌍벽을 이루던 일곱 개의 수채(水寨)가 둥지를 틀고도 서로 충돌하는 법 없이 밥을 먹었다는 사실은 파양호가 얼마나 넓고 복잡한지를 단적으로 말해준다.

반 사진이 흐른 후 비조선은 파양호로 접어들었다.

고기잡이를 나온 배들과 취객들을 태운 화선이 한가롭게 노니는 파양호는 고요하고 평온했다. 자그마한 비조선에 여섯 명이나 되는 사람이 타고 있지만, 사람들의 눈에 띄는 법은 없었다.

배들이 내건 유등 빛을 피해서 나아갔기 때문이다.

배들이 만들어낸 자연의 미로를 따라 비조선은 전진하고 우회하고 때로는 멈추면서 파양호를 가로질러 갔다.

하지만 암중에서 은밀히 따르는 배들이 있다는 걸 엽무백은 놓치지 않았다. 그들은 때로 화선의 반대편으로 가서 시선을 끌거나, 혹은 앞서 나가서 전방의 배들을 살피는 등의 행동을 통해 비조선을 은밀히 호위하고 있었다.

호수에 접어들 때까지만 해도 사람들은 파양호가 그토록 넓은 줄도, 그토록 오랜 시간 배를 타야 하는 줄도 몰랐다. 무려 두 시진이나 걸린 끝에 비조선은 괴이한 안개를 앞두고 있었다.

더불어 정체를 알 수 없는 물소리가 들려오기 시작했다.

쏴아아아!

소나기가 쏟아지는 것 같기도 하고, 파도가 치는 것 같기도 한 그 소리는 쉬지 않고 이어졌다. 뭔가 거대하고 위험한 것이 앞에 있다는 걸 본능적으로 느꼈다.

"모두 단단히 잡으십시오."

남궁옥의 말이 떨어지기 무섭게 사공이 힘차게 노를 저었다. 비조선이 안갯속으로 나아갔다. 괴이한 소리는 점점 커졌다. 그러던 어느 순간 비조선의 머리가 노를 젓는 방향과는 상관없이 급격하게 꺾였다.

엽무백은 재빨리 장력을 뻗어 안개를 밀어내고는 주위를 살폈다.

소용돌이였다.

크기를 짐작할 수 없는 거대한 소용돌이가 배를 집어삼킬 것처럼 휘돌고 있었다. 칠흑같이 어두운 밤, 호수 한가운데서 벌어지는 괴이한 광경에 사람들은 너나 할 것 없이 모골이 송연해졌다.

대자연의 거대한 힘 앞에서는 그 어떤 고절한 무공의 소유자라도 소용없다.

배에서 떨어지면 끝장이다.

엽무백의 입에서 나직한 신음이 흘러나온 것도 그때였다.

"노야묘수역(老爺廟水域)!"

언제, 누구로부터 시작된 말인지는 알 수 없다.

파양호에는 배를 집어삼키는 괴이한 수역이 있는데 지금까지 침몰한 배만도 수천 척이 넘는다고 했다. 사람들은 물속에 호귀(湖鬼)가 산다고도 했고, 호수 바닥에 용혈(龍穴)이 있어 호숫물이 흘러들어 간다거나 물밑을 흐르는 또 다른 강 암하(暗河)가 있다고도 했다.

살아 돌아온 사람이 없으니 원인을 알 길이 없다.

이에 파양호를 삶의 터전으로 여기고 사는 사람들은 이곳에 관제묘, 즉 노야묘를 세워 관운장의 영력으로 호귀의 난동을 잠재우고자 했다. 노야묘수역이라는 말은 그래서 나온 것이다.

하지만 소용없었다.

노야묘수역의 물은 계속해서 배와 사람들을 집어삼켰고, 사람들이 찾지 않는 노야묘는 이제 그 흔적조차 찾기 어려웠다.

배는 점점 소용돌이 속에 휘말리더니 갈피를 잡을 수 없을 만큼 제자리를 맴돌기 시작했다.

사공은 노련했다.

정원을 초과해 여섯 명이나 탄 탓에 처음엔 당황한 듯했지만 이내 물을 보는 정확한 눈과 경이로운 완력으로 노를 저어 소용돌이에서 배를 빼냈다.

배는 이제 안갯속을 부유했다.

소용돌이가 만들어내던 물소리도 점점 잦아들었다.

잠시 후 안개가 걷히기 시작하면서 사람들은 어슴푸레한 협곡을 마주하고 섰다.

어느새 파양호를 가로질러 뭍을 앞두고 있는 것이다.

하지만 그게 끝이 아니었다.

배는 미로처럼 복잡한 협곡을 근 반 시진이 넘도록 이리저리 휘돌다가 달이 중천에 떴을 무렵에서야 멈췄다.

그곳 역시 협곡이었다.

아마도 파양호로 흘러드는 지류의 한 곳으로 짐작되었는데, 삼면이 높이를 알 수 없는 까마득한 절벽으로 이루어져 있는데다 입구는 좁고 안쪽은 넓어 전체적으로 호리병 모양을 닮았다.

그곳에 놀랍게도 마을이 있었다.

적지 않은 사람들이 물가에 나와서 횃불을 든 채 기다리는 중이었다. 도검으로 무장을 한 사람들도 적지 않았지만, 그들보다는 무림과는 상관없어 보이는 여자와 아이들이 훨씬 많았다.

엽무백 일행이 남궁옥을 따라 배에서 내렸다.

사람들은 엽무백이 일행이 지나갈 수 있도록 길을 터주었다. 하나같이 잔뜩 고무된 표정이었다.

"마을이 있을 줄은 꿈에도 몰랐는걸."

엽무백이 남궁옥의 뒤를 따라 걸으면서 말했다.

"처음엔 초옥 하나만 있었습니다. 하지만 비선이 끊어지고 갈 곳이 없는 사람들이 하나둘씩 모여들더니 지금은 마을이 되었지요."

"아이들도 많이 보이는데."

"마교의 추격을 받던 사람들은 가장 먼저 아이들을 빼돌렸습니다. 언젠가 저 아이들이 자신들의 뒤를 이어주길 바라면서. 아이 하나의 목숨은 또 다른 무인 하나의 목숨인 셈이죠."

이해할 수 있을 것 같았다.

패도가 죽어가는 순간에도 노복을 통해 진자강을 빼돌렸던 것처럼 모두가 그렇게 했을 것이다. 남궁옥 역시 그렇게 살아난 아이들 중 하나일 것이고. 하지만 지금은 이렇듯 의젓하게 자라 제 몫을 해내고 있었다.

"이렇게 마을을 이루는 거 위험하지 않나?"

"염려 마십시오. 하늘에선 볼 수 있고 땅에서는 그 어느 곳에서도 볼 수 없는 곳이 이곳 몽중연(夢中淵)이니까."

"몽중연?"

"안갯속에 숨은 연못이란 뜻이죠. 들고 나는 길은 오직 노수묘역뿐입니다. 자세히 설명할 순 없지만 이곳은 안전합니다."

들고 나는 길이 노수묘역뿐이라면 최소한 적의 침입을 감지할 수는 있을 것이다. 그것만으로도 일단은 안심이었다.

그때 한 사람이 앞을 막아섰다.

흑의 무복을 입고 허리에는 칼을 찬 여자였다.

백옥처럼 맑고 투명한 피부와 새까만 눈동자, 삼단 같은 머릿결이 눈부시도록 아름다운 여자였다. 그녀는 뒤쪽에 있는 법공을 향해 다짜고짜 물었다.

"백악기를 단칼에 죽였다는 말이 사실인가요?"

"……!"

"……!"

"……!"

순간 싸늘해지는 엽무백, 조원원, 진자강의 표정.

세 사람은 비조선을 타고 올 당시 남궁옥이 했던 말을 동시에 떠올렸다.

"키는 칠 척에 육박하고 얼굴은 우귀사신(牛鬼蛇神)을 방불케 할 만큼 흉악하며, 고함을 지르면 천둥이 치는 것 같다고 하더군요."

여자는 법공을 엽무백으로 오인한 것이다.

우귀사신을 닮은 용모에 고함을 지르면 천둥이 칠 것 같은 사람은 법공이 유일했으니까.

남궁옥이 했던 말을 법공도 똑같이 들었다.

그는 흉악하게 생긴 자신의 얼굴을 다시 한 번 탓하며 땅이 꺼져라 한숨을 쉬었다.

"이분이시다."

남궁옥이 미소를 지으며 엽무백을 가리켰다.

여자가 다시 엽무백을 바라보더니 고개를 갸우뚱했다. '전혀 그렇게 생기지 않았는데?' 라는 표정이었다.

"당신이 백악기를 단칼에 죽였나요?"

그녀가 다시 물었다.

느닷없는 질문에 엽무백의 눈빛이 착 가라앉았다.

남궁옥이 엽무백을 향해 가볍게 웃으면서 말했다.

"솔직히 말해주셔도 됩니다."

그 말에 즉각 반응을 한 건 진자강이었다.

"아닌데요."

"아니… 라고?"

여자가 다시 진자강을 돌아보며 물었다.

"단칼이 아니라 난도질해 죽였죠."

"……!"

여자의 얼굴이 일순 딱딱하게 굳었다.

잠시 쥐 죽은 듯한 침묵이 흘렀다.

침묵의 끝에 누군가 앙천광소를 터뜨렸다.

"푸하하! 이거 십 년 전에 얹힌 만두가 내려가는 기분이로 군. 여러분, 들으셨소이까? 그 간악한 배덕자가 난도질을 당해 죽었다고 합니다!"

"와아!"

"만세!"

사람들이 떠나갈 듯 함성을 질러댔다.

처음 엽무백에게 질문을 했던 여자는 무슨 사연이라도 있는지 눈물까지 글썽였다. 하지만 얼굴은 활짝 웃고 있었다.

그때 누군가 또 큰 소리로 물었다.

"매혈방의 임호군과 그의 독사 같은 자식새끼도 죽였다던데 사실이오?"

"사실인데요."

또 진자강이 말했다.

사람들이 다시 흥분하기 시작했다.

잔뜩 기대에 찬 표정과 시선이 진자강에게로 쏠리는 사이 누군가 부연해서 물었다.

"그 망할 부자 놈들은 어떻게 죽였나?"

"비선을 만나기 위해 복주의 만리촉에 가서 적 노인을 찾았죠. 그랬더니 오라는 적 노인은 나타나지 않고 웬 개자식이 칼잡이들을 잔뜩 끌고 나타나서는 주둥아리를 놀려대지 않겠어요? 알고 보니 그 자식이 혈안룡이었어요."

"주둥아리를 놀려? 어떻게?"

"뭐 우리를 산 채로 넘길지 죽인 채로 넘길지 고민이라나 뭐라나."

"저런 주둥아리를 찢어 죽일 놈. 그래서?"

"화가 머리까지 뻗친 엽 아저씨가 혈안룡의 면상을 두들겨 기절시킨 다음 배때기에 칼을 푹푹 쑤시면서 끌고 다녔죠. 그러다 달리는 마차에 던져 놓고 우리는 절벽으로 뛰어내렸는데 나중에 매혈방 놈들이 하는 얘기를 들어보니까 죽었다고 하더라고요."

"우와!"

장내가 떠나갈 듯한 함성이 또 터져 나왔다.

백악기는 제 한 목숨 부지하고자 숱한 정도무림의 정영들을 마교에 팔아먹은 배신자다.

비선의 일원이었던 임호군은 말할 것도 없다.

그의 아들인 혈안룡은 아비의 위세를 등에 업고 금사도를 찾아가는 숱한 정도무림의 생존자들을 죽인 장본인이다. 사람들의 입장에선 십 년 묵은 체증이 내려가는 것처럼 시원할밖에.

사람들은 점점 흥분했다.

어느새 두서없이 엽무백 일행을 빽빽하게 에워쌌다.

이대로 보내줄 생각이 없는 것 같았다.

엽무백은 난감했지만 남궁옥이 환하게 웃으며 지켜보고만 있었기에 뭘 어쩌기도 난처했다.

"임호군, 임호군은 어떻게 죽였나?"

"비선과 접촉할 수 있는 밀지가 매혈방에 있다는 말을 듣고 엽 아저씨가 찾아갔죠. 그리고 구름처럼 몰려든 흑도의 칼잡이들을 추풍낙엽처럼 쓰러뜨린 다음 임호군에게 한칼을 먹였어요. 좌측 가슴을 뚫고 들어간 칼이 우측 옆구리로 빠져나오면서 배를 갈라 버린 것이죠. 임호군이 털썩 쓰러지자 엽 아저씨가 그 간악한 배덕자의 목을 단칼에 뎅겅 잘라 버렸죠."

"우와!"

또다시 터지는 함성.

그 소리가 어찌나 우렁찬지 산천초목이 부르르 떨릴 정도였다. 사람들이 함성을 지르는 사이 조원원이 진자강의 옆구리를 쿡쿡 찌르며 속삭였다.

"거짓말쟁이. 임호군이 죽는 건 못 봤잖아."

"아무렴 어때요. 죽었으면 됐지."

"뭐?"

"보세요. 다들 얼마나 좋아하는지."

사실이었다.

사람들은 정말로 좋아하고 있었다.

단순히 백악기와 임호군이 죽어서만은 아니었다.

마교가 무림을 일통하고 난 후 정도무림의 생존자들은 행여나 발각될세라 숨을 죽이고 살았다. 이후, 이따금씩 고수들이 잔여 병력을 이끌고 마교에 저항한다는 소식이 들려오긴 했지만 그게 끝, 이어지는 소식은 언제나 패전이었다.

그 세월이 십여 년.

사람들은 패배의식에 젖었고, 희망을 잃었다.

그런데 한 사람이 나타나 황벽도와 매혈방을 피로 물들였다고 한다. 그를 잡기 위해 철갑귀마대의 고수들이 총출동했지만 오히려 속임수에 속아 헛발질을 했단다. 남창에서는 수라멸진까지 펼치고 크게 타격을 입었다고 한다.

이게 대체 얼마 만에 들어보는 낭보란 말인가.

"벌써부터 발랑 까져가지고."

조원원이 진자강에게 알밤을 꽁 먹였다.

알밤을 먹고도 진자강은 환하게 웃었다.

*　　　*　　　*

마을에서 가장 큰 목채에 사람들이 모였다.

엽무백 일행을 비롯해 남창의 비선을 대표하는 다섯 명의 무인이었다. 하나같이 출중한 기도를 자랑하는 자들이었는데 아니나 다를까, 하나씩 소개를 할 때마다 비범한 내력이 흘러나왔다.

눈알이 쉴 새 없이 굴러다니는 쥐상의 중년인은 산서 비룡문(飛龍門) 위상문, 서생처럼 맑은 신색을 지닌 청년은 광동 불이검문(不二劍門)의 구일청, 날렵한 체구에 강렬한 안광을 자랑하는 이는 강서 성하장(星河莊)의 송백겸, 좌우의 관자놀이를 향해 사납게 치솟은 눈썹의 외눈박이는 사천 백선곡(白仙谷)의 장기룡이었다.

"뵙게 되어 영광이오."

소개를 하는 와중에 장기룡이 느닷없이 엽무백을 향해 한없이 존경하는 표정을 담아 포권지례를 했다.

엽무쌍은 멀뚱한 표정으로 응수했다.

뭘 영광씩이나…….

마지막으로 길을 막고 엽무백에게 당신이 백악기를 죽였냐고 물었던 여자는 놀랍게도 사천당문(四川唐門)의 당소정이었다.

마교가 무림을 일통하기 전만 해도 하나같이 방귀깨나 뀌는 문파의 후예들, 하지만 어디 남궁세가와 사천당문에 비할까.

진자강, 남궁옥에 이어 이제는 당소정까지.

이들이 생존해 있다는 걸 알면 마교가 발칵 뒤집힐 것이다. 조원원은 알아서는 안 될 비밀을 안 것처럼 마음이 묵직해졌다.

"엽무백이오."

엽무백이 서두를 열었다.

"알고 있습니다."

남궁옥이 말했다.

엽무백은 의아했다.

자신의 이름을 이들이 어찌 안단 말인가.

남궁옥의 말이 이어졌다.

"곁에 계신 아름다운 숙녀분은 해월루의 조원원 소저시고, 어린 공자는 광동진가의 진소정, 아, 지금은 진자강이란 이름을 쓴다지요? 그런데 이분은……?"

남궁옥은 어정쩡하게 앉아 있는 포쾌를 향해 물었다.

"홍표라고 하오."

사람들이 어리둥절한 표정을 지었다.

홍표라는 이름을 들어본 적 없기 때문이었다.

하지만 보고를 통해 철갑귀마대와 싸울 당시 제미곤 두 자루로 적진을 헤집은 고강한 무예의 포쾌가 있었다는 얘기는 뒤늦게 들었다.

아무리 머리를 굴려봐도 그만한 곤술을 지닌 포쾌들 중에 홍표라는 이름을 지닌 이는 없었다.

눈 밝은 남궁옥이 조심스럽게 물었다.

"혹 소림사와 연관이 있으신지요?"

"한때 승적에 이름을 올린 적이 있소."

"법명이 법공이 아니신지……?"

"허 참, 대체 어찌들 그리 잘 아시는 게요?"

"곤왕 법공……!"

장기룡의 입에서 고함이 터져 나왔다.

장내가 태풍을 맞은 것처럼 요동쳤다.

밑도 끝도 없이 웬 후줄근한 포쾌가 등장 하나 했더니 곤왕일 줄이야. 뜻하지 않은 거물의 등장에 사람들은 한순간 할 말을 잃었다.

하지만 정작 놀란 것은 엽무백 일행이었다.

엽무백이 물었다.

"우리에 대해 어떻게 그리 잘 아시오?"

"호중천의 적노께서 하신 말씀이지요."

"복주를… 다녀왔소?"

엽무백이 놀라 물었다.

남궁옥이 환하게 웃으며 말했다.

"여기 있는 당 소저에게 들었습니다."

엽무백 일행의 시선이 일제히 당소정에게로 쏠렸다.

당소정이 천천히 입을 열었다.

"저는 복주에서 멀지 않은 한촌(閑村)의 어느 의원에서 숨어 지냈어요. 그러다 괴이한 소문을 들었죠. 살성이 나타나마교의 고수들을 닥치는 대로 때려잡으며 금사도를 향해 가고 있다는 소문이었요."

당소정이 잠시 사이를 두었다가 말을 이었다.

"혼란을 틈타 나름의 재주를 발휘해 복주의 비선과 접촉할수 있었어요. 적주께서는 여러분이 항주로 갔다고 하더군요. 하지만 거긴 이미 봉쇄되었고, 전 이리로 향했죠. 여기 남궁공자와는 오래전부터 은밀히 연락을 취하던 사이였으니까요. 다행히 여러분이 마인들의 시선을 끌어주는 덕분에 말을 타고 관도를 달려 하루 더 빨리 도착할 수 있었죠."

"적주께서는, 사람들은 모두 안전하던가요?"

상황을 알게 된 조원원이 상기된 목소리로 물었다.

"염려 마세요. 모두 안전한 곳에 있을 뿐만 아니라 다시 비선을 열었어요. 제게 통일된 새로운 밀마를 전해주더군요."

"그게… 무슨 말이죠?"

"금사도를 찾아 나서는 사람들이 하나둘씩 생겨나고 있어요. 제가 갔을 때는 벌써 일곱 명이 복주를 다녀갔다고 하더군요."

이게 무슨 뚱딴지같은 소리란 말인가.

한데 더욱 놀라운 말이 남궁옥의 입을 통해 흘러나왔다.

"엽 대협의 소문을 듣고 숨어 지내던 사람들이 하나둘씩 세상으로 나오고 있습니다. 잠자던 비선들도 다른 비선들과 접촉하기 위해 적극적으로 움직이고 있고요. 이곳 남창과 항주, 그리고 복주는 이미 연결이 되었습니다."

"그 말은……?"

"놀라지 마십시오. 비선이 다시 이어지고 있습니다."

『십병귀』 제3권에 계속…

마법사
무림기행

魔法師 武林紀行

김도형 퓨전 판타지 소설

신예 김도형이 그려내는 퓨전 장르의 변혁!
무림을 무대로 펼쳐지는 마법사의 전설!

무림에서 거지 소년으로 되살아난 마법사 브린.
더 이상 떨어질 곳도 없는 깊은 나락에서 마법사의 인생은 새로이 시작된다!

내 비록 시작은 이 꼴이나 그 끝은 창대하리니!

짓밟혀도 되살아나는 잡초 같은 생명력!
고난 속에서 빛을 발하는 날카로운 기재!

무협과 판타지를 넘나드는
마법사 브린의 모험을 기대하라!

Book Publishing CHUNGEORAM

유행이 아닌 자유추구 -
WWW.chungeoram.com